AF221064

Gerd Tesch
Unerhörte Enthüllungen

Die Deutsche Nationalbibliothek verzeichnet diese Publikation in der Deutschen Nationalbibliothek; detaillierte bibliographische Daten sind im Internet über http://dnb.d-nb.de abrufbar.

© 2021 Gerd Tesch
Herstellung und Verlag:
BoD – Books on Demand GmbH, Norderstedt
1. Auflage
Layout und Cover: Manuela Wirtz, Schüller
Coverbild: Félix Vallotton, Le Mensonge, Wikimedia Commons
Bilder innen: Félix Vallotton, Le Mensonge [Die Lüge], 1898. ; Jean Léon Gerome: La Vérité sortant du puits (1896), Wikimedia Commons
ISBN: 9783753477053
Printed in Germany

Gerd Tesch

Unerhörte Enthüllungen

Eine Erzählung

Man kann das Leben nur rückwärts verstehen; leben muss man es aber vorwärts.
Kierkegaard

Man weiß nicht, was genug ist, bevor man weiß, was mehr als genug ist.
William Blake

Moral ist ein Kostüm, das man zum passenden Zeitpunkt trägt. Und wenn es unbequem wird, schlüpft man hinaus wie eine Schlange aus ihrer Haut.
Sarah Weinman

Kapitel 1

Ein delikater Todesfall

Sargträger rücken an – begleitet von schrillen Tönen, die allenfalls ein Eingeweihter hörte. Carlo, der Spusi-Spürhund, spitzt die Ohren.

„Gemäß Körpertemperatur erwartet uns die prominente Leiche bereits seit circa zwölf Stunden", schätzt der Notarzt, über die Tote gebeugt.

„Wieso ‚erwartet uns'?", fragt der Kommissar.

„Ist mir so rausgerutscht."

„Frau Doktor Judith Liebreiz von den Grünen."

Doktor Giesen nickt und grummelt: "Mm. … Überall Blut. Schädelfraktur vermutlich. Deswegen das viele Blut aus Mund, Nase und Ohren."

„Todeszeitpunkt?"

„Zwischen zwanzig und einundzwanzig Uhr gestern Abend", schätzt er routiniert.

„Unfall? … Oder Tod infolge Fremdeinwirkung?"

„Jedenfalls ist sie mit der Schläfe gegen die Kante geschlagen."

Er zeigt auf die blutbeschmierte Stelle des Glastischs.

„Der Unfall- oder Tatort war also hier?"

„Davon können Sie ausgehen", meint er, entledigt sich der Einmalhandschuhe, packt seine sieben Sachen, hält plötzlich inne, stutzt und rätselt: „Irgendetwas stimmt nicht. Keinen blassen Schimmer, was. Und das nach so vielen Jahren!"

Bachmann schaut ihn mit offenem Mund an.

Giesen kratzt sich am Hinterkopf und sagt: „Deshalb mein Fragezeichen hinter der Todesursache. Die Staatsanwaltschaft sollte die Obduktion veranlassen."

„Wird gemacht", knurrt Bachmann, „ein delikater Fall, keine Frage."

„Kriminalistisch reizvoll auf jeden Fall", kommentiert Doktor Giesen.

„Wer hat Sie übrigens hierher bestellt?"

„Ein anonymer Anruf, ob Mann oder Frau war nicht zu unterscheiden. Eine Frau liege tot in der Dachgeschosswohnung des Papageienhauses, Am Stadtgarten 25 in Simmern. Die Wohnungstür war angelehnt."

Die anderen Anwesenden haben Bachmann die gleiche Auskunft erteilt.

Nachdem auch die Spusi ihr Handwerk erledigt hat, bittet er die Sargträger, draußen zu warten, unter Umständen eine Stunde.

„Bis dahin sollte die Oberstaatsanwältin vor Ort gewesen sein."

Dann informiert er Frau Löwenbrück.

Er klappt das schräge Dachgeschossfenster ein wenig hoch, um etwas frische Luft an diesem frühen Morgen des sonderbaren Märzauftakts, Montag, den ersten zweitausendeinundzwanzig hereinzulassen. Vereinzelte Schneeflocken torkeln umeinander, der Morgenhimmel wölbt sich taubengrau. Wird er seine Schleusen öffnen und erneut den Stadtgarten pudern?

Chaos in allen Räumen; sämtliche Schubladen herausgerissen und durchwühlt, auch im Arbeitszimmer, in Küche und Bad. Kein Stein ist auf dem anderen geblieben. Jemand hat wild nach irgendetwas gesucht, geht es dem Kommissar durch den Kopf. Entweder stand der Eindringling – und Täter? – unter Zeitdruck oder er hatte gehörig Wut im Bauch. Hat er die Tür aufgelassen? Warum? Hat er Bestatter und Notarzt gerufen?

Bachmann sinkt in den ockergelben Ohrensessel und schaut sich in der Wohnung um: minimalistische Designerausstattung, schwarz oder weiß. Ihn fröstelt.

Ein Poster erregt seine Aufmerksamkeit. Könnte von Edward Hopper sein, vermutet er, steht auf, um sich zu vergewissern. Félix Vallotton, Le Mensonge. Bachmann lichtet das Bild mit dem Smartphone ab: ein Paar, eng umschlungen, er in schwarzem Anzug auf der Sofakante, sie in scharlachrotem Kleid zwischen seinen gespreizten Beinen, gegen ihn gepresst. Er hat die Augen geschlossen, während sie ihm etwas ins Ohr zu flüstern scheint. Ist sie die Lügnerin? Oder lügt er, der so selbstgefällig zu lächeln scheint? Rätselhaft.

Félix Vallotton, Le Mensonge [Die Lüge], 1898.

Bachmann betrachtet die Leiche. Als ob sie schliefe. Eine attraktive Frau? Schwungvolle Brauen über mandelförmigen, etwas zu eng beieinander liegenden Augen, die in dem etwas zu runden Gesicht zur Decke starren. Warum hat der Doc die Augen nicht geschlossen? Ein auffallender Makel: unschön geformte Nägel. Jede Frau schlägt sich mit etwas Hässlichem herum, glaubt der Kommissar zu wissen. Nicht auszuschließen, dass sie gar an den Fingernägeln kaut; gepflegt sehen sie jedenfalls nicht aus.

Wallendes rotblondes Haar fällt über den anthrazitfarbenen Blouson, darunter eine rostrote Bluse; hochhackige schwarze Stiefeletten schauen aus den ebenfalls anthrazitfarbenen Hosenbeinen heraus.

Erneut fixiert er das Gesicht. Je länger er hinschaut, umso mehr glaubt er eine Ähnlichkeit mit einer Frau, die er kennt, auszumachen. Vielleicht die eng beieinander liegenden Augen?

Er zückt sein Smartphone und lichtet das Gesicht von vorne und von den Seiten her ab. Auch die sonderbar geformten Fingernägel fotografiert er.

Man kennt die Frau aus den Medien. Kürzlich ist sie ihm beim Joggen in einem Waldstück begegnet, oberhalb der Ortschaft Biebern. Gazellengleich war sie an ihm vorbeigestürmt, den Blick stur nach vorne gerichtet. Nicht einmal ein angedeuteter Gruß. Mit Mitte dreißig bereits Leiterin des Hunsrück-Gymnasiums und aussichtsreiche Landtagskandidatin der Grünen. Wem hat das nicht in den Kram gepasst? Wem war sie ein Dorn im Auge? Wen hat sie links liegen lassen oder ausgestochen?

Gegen neun Uhr rauscht die Oberstaatsanwältin herein, natürlich gesichtsmaskenbewehrt, und lässt sich über den aktuellen Ermittlungsstand informieren. Für die Tote hat sie nur einen flüchtigen Blick übrig. Kein Wunder, schließlich hatte die Senkrechtstarterin Doktor Liebreiz Leila Löwenbrück im parteiinternen Poker um die grüne Spitzenkandidatur im Wahlkreis auf Platz zwei verwiesen, wie die Medien berichteten.

„Ein äußerst delikater Fall, Herr Bachmann."

„Ist mir klar. Die Medienmeute wird sich die Hände reiben."

„Nicht nur die *HZ*. Der Fall wird überregional Aufsehen erregen, um es vorsichtig zu formulieren. … Wo ist übrigens Ihre Chefin?"

„Hauptkommissarin Schmidt ist nach dem Weihnachtsbesuch bei ihrem Freund Johannes Haller auf Teneriffa noch bis Freitag in Quarantäne."

„Bis dahin leiten Sie die Soko ‚Liebreiz', Herr Oberkommissar!"

Er ist sich nicht sicher, ob er sich darüber freuen soll. Fingerspitzengefühl im Umgang mit den Medien ist eher nicht sein Ding, das weiß er.

„Doktor Liebreiz ist, äh … war Ihre parteiinterne Konkurrentin, Frau …"

„Ich weiß, warum Sie das erwähnen, Herr Bachmann", fährt ihm Löwenbrück in die Parade, „der Vorwurf der Befangenheit liegt in der Luft. Ich werde den Fall an meinen Stellvertreter abtreten, Staatsanwalt Lindgrün."

Dass sie auf der Bundestagswahlliste der Grünen für Doktor Liebreiz nachrücken könnte, erwähnt die Oberstaatsanwältin nicht. Der Kommissar schmunzelt.

„Hat man den Ehemann informiert?"

Bachmann fährt sich über die Glatze und zupft am Ohrring.

„Ich wusste gar nicht, dass sie verheiratet ist. Kein Ehering."

Er lässt seinen Blick kreisen und meint: „Sieht eher wie eine Singlewohnung aus."

Bei diesen Worten streift sein Blick den ausgestopften Wanderfalken auf dem Kaminsims; über Löwenbrücks makelloses Gesicht huscht ein Lächeln.

„Zweitwohnung am Arbeitsort. Villa in Koblenz mit Blick auf die Mosel", kommt es ihr dennoch spitz über die Lippen.

Höre ich da einen neidvollen Unterton?, wundert sich der fürs Erste mit der Ermittlungsleitung beauftragte Kommissar.

Kaum hat Leila Löwenbrück den Raum verlassen, kreuzen die Sargträger wieder auf. Minuten später ist die Leiche unterwegs zur Pathologie ins Uniklinikum Mainz.

Bachmann verharrt noch einen Moment vor dem Kaminsims. Hinter dem Falken, seitlich leicht versetzt erregt eine gerahmte Gedichtstrophe seine Aufmerksamkeit; handschriftlich notiert, keine Kinderschrift, aber noch keine Erwachsenenschrift – oder doch?, rätselt er.

Einst auch fall ich, Schnittermädchen,
So dahin, dahin –
Und es regt sich wohl kein Blättchen,
Daß ich nicht mehr bin.

(Johann Ludwig Ambühl, 1780)

Kapitel 2

Auftaktbesprechung der Soko *Liebreiz*

„Ihr erinnert euch an Fiona von Ardenne?"

Mit dieser Frage ist dem Interimschef die Aufmerksamkeit der neu gegründeten Soko *Liebreiz* gewiss, die er am Mittwoch, den dritten März um neun Uhr leitet. Der Konferenzraum ist wie die beiden Verhörzimmer coronasicher mit einer aufwendigen Belüftungsanlage ausgestattet worden, so dass hier die allgegenwärtige Maskenpflicht entfällt.

„Gut für Corinna, dass sie noch in Quarantäne ist", meint seine Lebensgefährtin.

„Wie wahr, Beate", fährt Jörg fort, „an diesem Fall wird sie lange zu knabbern haben, fürchte ich. Die Tote, Doktor Judith Liebreiz, die ist eine Dublette der eiskalten Schlange Fiona. Zufälligerweise heißt sie mit zweitem Vornamen tatsächlich Fiona."

„Mit ähnlich verführerischen weiblichen Reizen?"

„So ist es, Beate. Hat sich für sie ausgezahlt. Sowohl im Studium als auch in der schulischen Beamtenhierarchie hat sie sich nach oben gevögelt. Ich habe Erkundigungen eingeholt."

„Soll's geben, Jörg", kommentiert Lukas. „Ich vermute mal nicht ohne Absicherung unter einer bürgerlichen Tarnkappe."

„So ist es, Kommissar Schlaumeier", nimmt Bachmann Castors Ball auf. „Du ähnelst immer mehr deinem Namensvetter Lucas, dem Assistenten Maigrets", raunt er. „Im Ernst, ihr Ehemann, Professor Liebreiz, ist kein Trottel. Er hat für sich anscheinend frühzeitig vorgesorgt, ohne dass seine Frau es bemerkt zu haben scheint. Hat mir ein früherer Kollege gesteckt. Genaueres weiß ich allerdings nicht. Doch das ist vermutlich ohnehin nicht unser Thema."

„Nur damit ich's verstehe, Jörg", schaltet sich Beate ein. „Die Ehe Liebreiz überzieht ein Lügengespinst, dessen Fäden zu entwirren ...",

„ ... uns zur Zeit nicht weiterbringt", unterbricht Bachmann, um dann fortzufahren: „Das machiavellistische Machtspiel hat sie beherrscht. Wer sich ihrem absoluten Kontrollverlangen zu entziehen versuchte, der landete unversehens im Abseits – ausgenommen ihr Gatte natürlich. Im Abseits tummelt sich bereits eine ansehnliche Gruppe Ausgestoßener oder Verschmähter. Deren Gefahrenpotential könnte sie unterschätzt haben", räsoniert er. „Solche Leute, die sich in einem fort in der prekären Zone zwischen Lüge, Halbwahrheit und Verschweigen bewegen, verlieren mit der Zeit das Gefühl für Entwicklungen, die für sie gefährlich werden können."

„Mm. Vielleicht sollten wir dabei auch ein politisches Motiv in Betracht ziehen", spinnt Lukas den Faden weiter. „Die Grünen im hiesigen Wahlbezirk sind zerstritten wie nie; inhaltliche Unstimmigkeiten und persönliche Differenzen. Was sie natürlich niemals zugeben würden. Nicht zu leugnen sind Parteiwechsel zur ÖDP."

Bachmann nickt und informiert über die Rolle der Oberstaatsanwältin in der Abgelegenheit.

„Angesichts der aufgeflogenen Vetternwirtschaft im grünen Umweltministerium und nicht nur dort lechzt die Partei landesweit nach halbwegs brauchbarem Ersatz", holt Lukas weiter aus.

„Beate, wir beide hören uns in der Schule um", ordnet Bachmann an, „du, Lukas, bei den Grünen."

Als Jörg, der Soko-Chef auf Zeit, in den Dienstwagen einsteigt, zeigt er Beate die Fotos von der Leiche.

„Schau sie dir bitte genau an!", fordert er.

Sie lässt sich Zeit und scrollt die Aufnahmen mehrfach vor und zurück

„Und?"

Sie gibt ihren Eindruck wieder und fragt dann: „Sollte mir da etwas Außergewöhnliches auffallen, Jörg?"

„Also nicht?"

Sie nickt und startet den Motor.

Kapitel 3

Ermittlungen im Hunsrück-Gymnasium

Mittwoch, dritter März, gegen elf Uhr dreißig.

Studiendirektor Meinhard Mangold, ein mittvierziger Hüne in schwarzem Trainingsanzug, bittet die Kommissare Platz zu nehmen.

„Sie erwischen mich zwischen zwei Sportstunden", erklärt er. „Nach dem Lockdown ist der Bewegungsdrang besonders ausgeprägt."

Ein Lächeln huscht über sein markantes Gesicht. Blaue Augen unter buschigen Brauen schauen die Kommissare fragend an.

„Herr Mangold, Frau Doktor Liebreiz hat das Hunsrück-Gymnasium seit Beginn des Schuljahrs 2018/19 geleitet, richtig?"

„Na ja, geleitet ist vielleicht nicht das richtige Wort", antwortet er, der stellvertretende Schulleiter, und fährt sich mit der Pranke über das borstige schwarze Kurzhaar.

„Ich verstehe nicht", wundert sich Bachmann.

„Wissen Sie, Herr Kommissar, Frau Liebreiz war mehr außer Haus als vor Ort. Parteipolitische Gremienarbeit, Vorstandssitzungen der GEW, Mitgliedschaft in diversen Bildungsausschüssen, um nur ein paar Beispiele zu nennen."

„Die eigentliche Leitung der Schule lag beziehungsweise liegt de facto also in Ihren Händen?"

Mangold nickt und räumt ein: „Es hat mich keiner zu dem Job gezwungen."

„Mm", schaltet Wunderlich sich ein, „wie war denn die Beziehung zwischen Ihnen und der jungen Chefin, Herr Mangold?"

„Auch 'nen Kaffee?", fragt er.

Die Ermittler nicken. Er greift zum Telefon.

„Ellen, dreimal Kaffee bitte."

Er hält die Hand vor den Hörer und fragt: „Milch?"

„ ... und Zucker", ergänzt Beate.

Er räuspert sich und sagt: „Frau Liebreiz hat uns machen lassen. Und das war gut so."

„Darf ich das so interpretieren, dass Sie, die Stufenleiter und Frau Mayenfeld die Verwaltungsarbeit, also Stunden- und Vertretungspläne, Terminplanung, Konferenzen, Haushaltsführung und dergleichen mehr erledigen mussten."

Lehrer Mangold lobt: „Sie kennen sich aus, Frau Kommissarin."

„Ein Schulfreund ist Schulleiter in Saarbrücken."

Jörgs Augen blitzen Beate aus den Augenwinkeln an.

„Und der Unterricht von Frau Liebreiz?"

„Zwei Stunden Sport in der 5a, die ich vorhin vertreten habe, und ein auf zwei Stunden gekürzter Grundkurs Deutsch Jahrgang 12. Nur noch sieben Schüler. Nach der 11 sind dreizehn in den Leistungskurs gewechselt. Die müssten Sie mal fragen, warum. Na ja, organisatorisch kein Problem für mich."

„Und ich dachte, ein Gymnasialschulleiter unterrichtet auf jeden Fall einen Leistungskurs", wundert sich Wunderlich.

„Nun ja, da hat wohl ein jeder seine Eigenheiten. Beim Amtsvorgänger war das so. Doktor Heinen hatte zudem immer deutlich mehr als die Mindestvorgabe von vier Stunden im Deputat. ... Und, nur damit ich's gesagt habe: Das generische Maskulinum hätte die Chefin Ihnen nicht durchgehen lassen."

„Ich teile Ihre Ironie", antwortet Wunderlich schmunzelnd. „Die Patronin der Genderbewegung Butler heißt übrigens auch Judith."

„Holofernes sollte sich vorsehen", frotzelt Mangold.

Die Ermittler wechseln Blicke.

„Unterrichtsbesuche und Beurteilungen der Kollegen hat Ihre Chefin aber schon selber durchgeführt."

Da klopft es und die Sekretärin, Frau Mayenfeld, serviert den Kaffee.

„Stimmt. Dieses Machtinstrument hat sie nicht aus der Hand gegeben, Frau Kommissarin."

„Wie wurde Frau Liebreiz von den Kollegen, Schülern und Eltern denn wahrgenommen?"

„Ellen, was meinst du?", gibt Meinhard Mangold die Frage des Kommissars an die Schulsekretärin weiter. Die ist, die Hände in die Hüften gestemmt, um eine Antwort nicht verlegen: „Um es klar zu sagen: Der trauert hier kein Mensch nach."

„Ein harsches Urteil", meint Beate Wunderlich.

„Fragen Sie mal die Putzfrauen und den Hausmeister", rät Mayenfeld mit einer wegwerfenden Handbewegung.

„Solche Einschätzungen sind für unsere Ermittlungsarbeit nicht unwichtig", grummelt Bachmann.

„Sonst wären Sie nicht hier", reagiert Mangold prompt.

„Trotz dieser, ich muss schon sagen, trotz dieser fragwürdigen Performance als Schulleiterin hat Doktor Liebreiz es hier ausgehalten?"

„Nicht nur das, Herr Kommissar", antwortet Mayenfeld, die im Raum geblieben ist, „die hat das genossen – wenn sie denn mal da war."

„Ellen, bitte!", mahnt Mangold.

„Das muss verdammt noch mal gesagt werden, Meinhard!", kommt es ihr trotzig über die Lippen. „Wenn ich da an unseren Doktor Heinen denke ..."

Als die Sekretärin die Tür ins Schloss wirft, bringt Bachmann seinen Eindruck auf den Punkt: „Schulleitung als Zwischenstation auf dem politischen Weg nach oben?"

„Das haben Sie gesagt, Herr Kommissar", sagt Mangold mit fester Stimme.

„Ist in unserem Laden nicht anders", kommentiert Bachmann und nickt seinem Bruder im Geist zu.

„Wann und wo wird Frau Liebreiz beerdigt?", fragt Wunderlich unvermittelt.

Mangold hebt die Brauen.

„Erfahrungsgemäß sind Beobachtungen bei Beerdigungen für uns Fahnder nicht unwichtig", erläutert sie.

„Soweit ich weiß, wird es eine Urnenbestattung geben. Frau Liebreiz hat keiner Glaubensgemeinschaft angehört. Ihr Ehemann sucht einen Geistlichen."

„Geben Sie ihm folgenden Tipp: Johannes Simon, evangelischer Pfarrer in Willmerod", rät die Kommissarin.

„Das machen wir selber, Beate", sagt Bachmann. „Wir müssen dem Herrn Liebreiz ohnehin in Koblenz einen Besuch abstatten."

„Schön, dass ich davon erfahre", grantelt sie. „Auch bei uns läuft nicht alles rund."

Sie schaut zu Mangold hin. Der schmunzelt.

„Übrigens ebenfalls Doktor Liebreiz", sagt er, „Soziologieprofessor an der Uni. Netter Mann."

„Ach, noch eins", will der Kommissar wissen, „wie war denn die Ehe der beiden Doktores?"

Mangold zuckt mit den Achseln.

Beim Überqueren des Schulhofs umkurven die Ermittler einen Pulk von Oberstufenschülern, die ihnen abstandsignorant und ohne Masken grölend dreist den Weg versperren.

Kapitel 4

Befragung des Witwers

Freitag, fünfter März zweitausendeinundzwanzig, neun Uhr; sie haben sich angekündigt.

Professor Liebreiz, ein braungebrannter Mittfünfziger mit dichter, graumelierter Mähne; auffallend seine asymmetrischen Gesichtszüge: das rechte Ohr weit abstehend, das linke Auge höher als das rechte, ein Schmiss auf der rechten Backe, der linke Mundwinkel leicht nach unten gerutscht.

Er bittet die Kommissare auf der Chaiselongue Platz zu nehmen. Für Durchlüftung hat er gesorgt, Fenster sind geöffnet. Er sitzt ihnen gegenüber, schwarze Jeanshose, schwarzer Rollkragenpullover, schwarzes Jackett.

In seinem Rücken an der Wand ein laszives Bild von Edward Hopper. „Nippel wie Erdbeeren", wird Bachmann auf der Rückfahrt zu Beate sagen.

Der riesige Wintergarten gibt den Blick frei auf das überzuckerte Moselufer. Einzelne Jogger und wenige Radler trotzen der Kälte und den Schneeflocken; auf dem Wasser kein Boot. Nilgänse scheint das zu freuen.

„Darf ich Ihnen etwas zu trinken anbieten? Kaffee, Tee oder Wasser?" ...

„Meine Frau war ehrgeizig, keine Frage. Sie wollte es allen zeigen."

„Sie war Ihre Studentin?"

„Ich hatte nie eine klügere. Hat in Bildungswissenschaften bei mir promoviert. Als Assistentin hätte ich sie gerne weiter beschäftigt. Doch sie wollte unbedingt in den Schuldienst; schließlich lockte dort eine feste Beamtenstelle. Ist heute gang und gäbe, weshalb uns der Mittelbau wegbricht. Zeitverträge, zudem oft nur Teilzeit, sind auf dem Arbeitsmarkt nicht wettbewerbsfähig."

Beate scheint sich über die professorale Distanz zu wundern, mit der Liebreiz angesichts des Todes seiner Frau spricht, wie ihr Blick zu Bachmann vermuten lässt.

„Ich falle mit der Tür ins Haus", beendet der das Geplänkel, „Ihre Frau wurde von vielen als eiskalte Karrieristin wahrgenommen."

„Ach, Herr Kommissar", kommt es Liebreiz scheinbar gelangweilt über die Lippen. „Wenn Menschen, die Energie, besondere Fähigkeiten und ehrgeizige Ziele haben, wieder und wieder dieser Stempel aufgedrückt wird, dann wird es mit unserem Land noch weiter bergab gehen."

„Darf ich das als Hinweis interpretieren, in welchem Milieu Sie den Täter oder die Täterin vermuten?", hakt Bachmann nach.

Liebreiz öffnet den Knopf seines Jacketts, schaut, einen Moment wie abwesend, auf die Mosel, fixiert dann aber abrupt die Ermittler und nickt.

„Da wundert es schon, wo Ihre Frau politische Heimat gefunden zu haben scheint", meint der Kommissar.

„Da möchte ich Ihnen nicht widersprechen", sagt Doktor Liebreiz und eine steile Doppelfalte zieht in der Mitte seiner Stirn auf. Die schiefergrauen Augen verengen sich zu Schlitzen.

„Hinweise, die uns weiterhelfen könnten?", fragt Wunderlich.

„Glauben Sie mir, seit Tagen zerbreche ich mir den Kopf und … finde keine."

„Weder im schulischen noch im verminten politischen Umfeld?"

„So ist es, Herr Kommissar."

„Ich muss das fragen, Doktor Liebreiz", sagt Wunderlich, „wo waren Sie am vergangenen Sonntag in der Nacht zum Montag zwischen halbzwei und vier Uhr?"

„Alibi?", fragt er, ohne mit der Wimper zu zucken, schlägt die Beine übereinander und lehnt sich zurück.

Die Kommissarin hebt wie zur Entschuldigung die Arme.

„Da muss ich Sie enttäuschen. Nachts schlafe ich. Wenn Judith nicht hier ist, äh war, alleine. … Vielleicht hat mich jemand aus der Nachbarschaft gesehen. Ich weiß es nicht. Vielleicht fragen Sie mal Frau Neugierig von nebenan …". Bei diesem Hinweis lenkt er den Blick der Fahnderin nach rechts.

„Ihre Frau hat unter der Woche in Simmern gewohnt?", wechselt Bachmann das Thema.

„In der Regel."

„In der Regel?"

„Nun, hierher kam sie, in Corona-Zeiten natürlich weniger, wenn wochentags Treffen mit Freunden, Kino, Theater oder politische Veranstaltungen anstanden."

„Eine Wochenend-Ehe also", meint der Kommissar und reibt sich übers stoppelige Kinn.

„Nicht das schlechteste Arrangement, insbesondere wenn beide Partner beruflich gefordert sind und keine Kinder rufen."

„Apropos Kinder?", wagt Beate zu fragen.

„Habe ich aus meiner ersten Ehe. Jonas und Marie, Informatiker und Ärztin. Marie wird demnächst Zwillinge zur Welt bringen."

„Gratuliere!"

„Wozu, Frau Kommissarin?"

„Der Stellvertreter Ihrer Frau hat uns gesagt, sie schauten sich nach einem Pfarrer um", umschifft Wunderlich die Frage. „Ich könnte Ihnen da jemand empfehlen."

„Ach ja, der Herr Mangold", sagt Professor Liebreiz mit ironischem Unterton. Die Ermittler wechseln Blicke.

„Pfarrer Simon, Johannes Simon aus Willmerod, in der Nähe von Emmelshausen", sagt sie.

„Mm. Mal sehen. Vielleicht kontaktiere ich ihn. … Wann wird der Leichnam meiner Frau übrigens freigegeben?", fragt Liebreiz aus heiterem Himmel.

„Nach der Obduktion, vermutlich noch heute", antwortet Bachmann.

Auf der Rückfahrt nach Simmern, zunächst entlang der Mosel bis nach Alken, muss Beate sich Luft machen.

„Unfassbar, ein Eisblock! Total kontrolliert der Mann. Oder ist dir irgendeine Regung aufgefallen?"

„Allenfalls, als er die bevorstehende Geburt der Zwillinge seiner Tochter erwähnte. Da glaube ich, den Anflug eines Lächelns bemerkt zu haben."

„Könnte sein, Jörg", überlegt Wunderlich. „Sonderbar seine Reaktion, als ich ihm gratuliert habe. Als müsse er den Anflug des Lächelns schnell wieder einfangen, oder?"

Jörg nickt und streichelt ihr übers Knie: „Was ich doch für eine kluge Freundin habe!"

„Da haben sich zwei Kopfmenschen gesucht und gefunden", sagt sie.

„Und verloren", ergänzt Bachmann.

„Seit Tagen zerbreche ich mir den Kopf und finde keine Hinweise", äfft Beate den affektierten Tonfall des Professors nach. Das habe ich ihm im selben Augenblick, als er es sagte, schon nicht geglaubt."

„Ging mir auch so", murmelt Bachmann.

„Könntest du etwas langsamer fahren, Jörg!", ruft sie unvermittelt.

Er tritt auf die Bremse, gerade noch rechtzeitig. Hinter der Kurve braust ein Lastwagen heran und ein Radrennfahrer taucht überraschend rechts vor ihnen auf. Bachmann überholt ihn, um in der nächsten Parkbucht anzuhalten und ihn zu stoppen.

„Wofür gibt es den Radweg?", herrscht er ihn an. „Fast hätte ich Sie umgenietet."

Der Radler, etwa gleich groß wie der Kommissar, in schwarzer Rennfahrermontur, lüftet kurz das Visier, dreht sich zu ihm hin und blitzt ihn aus tiefschwarzen Augen unter buschigen Brauen an.

„Halt die Luft an, Alter", blafft er zurück, schiebt den Helmsturz wieder herunter, tritt in die Pedale und biegt eilends nach links in einen Seitenweg ab.

„Der Kerl kommt mir irgendwie bekannt vor. Woher nur?", brabbelt Bachmann, als er verärgert in den Wagen steigt.

Beate hat aus dem Autofenster ein Foto geschossen. Sie zeigt es Jörg her, das leicht verwackelte Profil des jungen Mannes mit dem dunklen Teint und der markanten Nase. „Der Bursche muss mir vor kurzem über den Weg gelaufen sein", rätselt ihr Freund, „ich glaub, der hat mich auch erkannt, wie der mich angestarrt hat."

Er gibt Gas.

„Vielleicht in der Schule?", fragt sie.

„Könnte sein. Aber ich erinnere mich nicht genau."

„Erinnere dich an den Pulk der Oberstufenschüler auf dem Pausenhof."

„Womöglich. Wir sollten Mangold das Foto zeigen", schlägt er vor.

„Mache ich", sagt sie und erntet prompt den schmunzelnden Blick des Freundes. Sie knufft ihm in die Seite.

„Aua, Körperverletzung im Dienst!", frotzelt er.

„Auf die Dienstaufsichtsbeschwerde freue ich mich jetzt schon", erklärt sie mit gespielt ernstem Ton.

„Vielleicht sollten wir sowas tatsächlich mal machen", meint er, „das ließe den Amtsschimmel wiehern."

„Und wir müssten dann die Pferdeäpfel aufsammeln."

„Stünde zu befürchten", meint er lachend.

„Ist dir übrigens etwas in dem Wohnzimmer aufgefallen, Jörg?"

Er blickt aus den Augenwinkeln kurz zu ihr hinüber und sagt: „Nippel wie Erdbeeren."

„Dein Fetischblick, Jörg. Nun ja. … Nicht ein Utensil, nicht ein Ding, das darauf hinweisen würde: Sieh an, in dem Haus des Professors lebt auch eine Frau."

„Jetzt, da du es sagst, Beate", räsoniert er. „Stimmt. Kein Kleidungsstück an der Garderobe, kein Foto, nichts."

„Der nette Mann, wie Mangold gemeint hat, der hat uns was vorgegaukelt, Jörg. Von wegen gute Wochenend-Beziehung", sagt sie. „Da war schon lange tote Hose."

„Bin gespannt auf die Beerdigung", meint Jörg und biegt hinter Alken Richtung Hunsrückhöhenstraße ab. Die Schneeflocken verdichten sich zum Gestöber.

Kapitel 5

Beerdigung der Schulleiterin

Dienstag, der neunte März, vierzehn Uhr.

Coronabedingt sollte die Teilnehmerzahl begrenzt sein. Wahrscheinlich wären ansonsten noch mehr Menschen anwesend, vermutet Corinna, die mit den anderen Soko-Mitgliedern im Karree die Ansammlung der Trauernden umsteht, in situations- und coronaangemessenem Abstand. Der Willmeroder Friedhof erweist sich erneut als libertärer Ort in doktrinären Zeiten, denkt sich Schmidt, Presbyterium und Ortsgemeinde sei Dank.

Pfarrer Simon, nicht im Talar, doch schwarzgekleidet, blickt auf die Urne, die Hände gefaltet, und lässt seine Augen kreisen. Rechtsseitig von ihm eine schlanke Frau in schwarzem Hosenanzug mit borstigem Kurzhaarschnitt, vielleicht zehn bis fünfzehn Jahre älter als der Professor, der in dunkelblauem Kaschmirmantel und mit schwarzem Hut linksseitig von ihm steht, die Arme hinter dem Rücken verschränkt. Sohn Jonas werde, wie Liebreiz den Geistlichen hat wissen lassen, demonstrativ nicht erscheinen, Tochter Marie habe mit Wehen ins Krankenhaus gebracht werden müssen. Wie nahe doch Leben und Tod beieinander lägen, habe der Witwer gemeint, wird Simon später der Chefermittlerin, einer mittlerweile vertrauten Seele, berichten. Mit diesem Hinweis habe er ihm obendrein ungewollt den Schlüssel für die Traueransprache in die Hand gegeben.

Ein frischer Wind geht über die gepuderten Gräber und lässt welke Blumen zittern. Ein hagerer Siebzigjähriger, anscheinend ein Fremder, beobachtet vom Eingangsportal der Kirche aus das Geschehen. Gerade noch kann er verhindern, dass sein schwarzer Hut von einem Windstoß davongetragen wird.

Ein junger Mann, lässig den Arm auf einen Grabstein gestützt, kommt Bachmann bekannt vor: schwarzlockiges Haar, dunkler Teint, markante Nase, keine Gesichtsmaske. Der Blick des Burschen wechselt zwischen einer schluchzenden Schönheit am Rand der Trauergemeinde und der Urne hin und her. Mitten in Simons Ansprache entzündet er nach dem Klack des Feuerzeugs eine Zigarette, inhaliert, hüstelt und schaut den Rauchwölkchen hinterher. Studiendirektor Mangolds Blick über die Schulter zu ihm hin scheint an ihm abzuprallen. Er zeigt dem Lehrer den Mittelfinger. Der bekannte Hunsrücker Trauerbürger nickt dem Totengräber und dem Bestatter zu, man kennt sich, man kennt das Zeremoniell.

Nach nüchternen Worten von Simon und Stellvertreter Mangold verlässt Liebreiz aufreizend schnell den Ort: ein knappes Nicken zu dem Pfarrer, der Frau mit dem Kurzhaarschnitt und dem jungen Mann mit Zigarette, dann ist er weg.

Die Landesvorsitzende der Grünen, die mit den zotteligen Spaghettihaaren, schaut flackernden Blicks dem Professor hinterher und um sich, als suchte sie eine Fernsehkamera. Gemeinsam mit Oberstaatsanwältin Löwenbrück, die neben der hochaufgeschossenen Vorsitzenden noch kleiner und zierlicher wirkt, beklagen beide in gestelzten Worten die Lücke, welche die Tote hinterlassen habe. Absprachegemäß verzichten die Elternbeiratsvorsitzende, die Schülersprecherin, der Behördenvertreter sowie die Vorsitzende der Bezirksdirektorenkonferenz, gleichzeitig GEW-Vorsitzende, der Landrat des Rhein-Hunsrück-Kreises und der Bürgermeister der Stadt Simmern auf ein Trauerwort.

Die schluchzende Schönheit bleibt alleine über der in die Erde eingelassenen Urne stehen, zupft an den roten Rosen, die sie in der Hand hält, und lässt Blatt für Blatt hinabsegeln.

Als der etwa gleichaltrige Zigarettenraucher nach ihr ruft, zeigt sie ihm den Mittelfinger, ohne sich umzudrehen.

Kapitel 6

Zweite Sitzung der Soko *Liebreiz*

Hauptkommissarin Corinna Schmidt, dichtes, schwarzes Haar, immer noch sportlich in brauner Raulederjacke über einem dunkelblauen Jeansoverall und blauen Lederstiefeletten unterwegs, ist nach Ablauf der Quarantäne seit Montag wieder zurück im Dienst. Sie eröffnet am Mittwoch, den zehnten März um neun Uhr die zweite Sitzung der Soko *Liebreiz*.

„Was für ein Affront des Witwers bei der Beerdigung seiner Frau!"

„Vielleicht hat er die Geburt der Zwillinge nicht versäumen wollen, Beate", gibt Schmidt zu bedenken.

„Nein, nein!", widerspricht Bachmann und fixiert die braunen, etwas eng beieinander liegenden Augen, die trotz der bald fünfzig seiner Chefin nur wenige Fältchen umlagern, einen Moment länger als üblich, was ihr zu entgehen scheint. „Der wollte sich das grünrote Gesabber nicht antun. Dass unsere Oberstaatsanwältin da mitmacht! Unerhört! Verlogen! Der Abflug der Liebreiz eröffnet Löwenbrück doch politisch Tür und Tor."

Corinna zuckt die Achseln und schmunzelt.

„Hast du den Schnösel mit der Zigarette wiedererkannt, Jörg?", wechselt Beate, die seit der Beerdigung ihren Lebensgefährten nicht gesehen hat, das Thema.

„Der Radfahrer an der Mosel", antwortet Jörg. „Der einzige, der sich nicht hinter einer Gesichtsmaske versteckt hat. „Merkwürdig, dass der Professor ihm zugenickt hat, als er ihn eilends passiert hat. Als würden die beiden sich kennen."

„Erinnere dich an den Radler, der um die Ecke gebogen ist, als wir vor Liebreiz' Haus parkten!"

Bachmann schlägt sich gegen die Stirn: „Könnte derselbe gewesen sein, der uns später kurz vor Alken in die Quere gekommen ist."

„Mangold hat mir gesagt, der Fabian Lochner, so heißt er, der sei ein cooler Typ, ein Top-Sportler und auch ein recht passabler Schüler. Er sei einer der glorreichen Sieben im Grundkurs der Chefin, wie auch Mareike Glück, seine Ex-Freundin. Mangold hat mir die letzte Schülerzeitungsausgabe mit Bildern der zwei mitgegeben."

Jörg reicht das Exemplar herum und die Kollegen lichten die Fotos mit ihren Smartphones ab. Man kann nie wissen.

„Lass mich raten, Beate", schaltet sich Castor ein, „die einzige auf dem Friedhof, die geweint hat?"

Wunderlich nickt und fragt in die Runde: „Was sagt uns das?"

„Fabian, Mareike und das merkwürdige Ehepaar Liebreiz. Welche Verbindung jenseits des Schulischen hat es da gegeben?", rätselt Corinna Schmidt.

„Der undurchschaubare Ehemann, der coole Radler, die emotional angeschlagene Schülerin. Die hat den Zuruf des Ex-Freundes mit einem aggressiven Wink abgewehrt. Zumindest hat sie sich am Grab in ihrer Trauer um die tote Lehrerin nicht stören lassen", räsoniert Wunderlich.

„Stimmt. Wirkte allerdings wie einstudiert", meint Schmidt.

„Diese Lehrerin, pikanterweise auch Schulleiterin, wurde umgebracht, Beate", korrigiert Jörg. „Mir fiele da schon ein Täter und ein Motiv ein."

„Liegt auf der Hand: Rache, weil die Lesbe ihm die Freundin ausgespannt hat. Reine Spekulation, ich weiß."

„Warum sollte ihm dann der Professor beim Abgang auf dem Friedhof zunicken, Lukas? Also, ich weiß nicht", wendet Beate ein.

„Fast hätte ich es vergessen", räumt Schmidt ein. „Die KTU hat in der Wohnung der Toten und auf der Außentürklinke etliche Fingerabdrücke gesichert. Aber keine Treffer in unserer Datei."

„Dennoch könnten die Abdrücke für unsere Ermittlungen wichtig werden, meinst du?"

„So ist es, Beate. Wir laden die beiden Schüler als Zeugen vor", ordnet die Soko-Chefin an. "Zudem müssen wir Erkundigungen einholen. Lukas, kümmere du dich um die Mitbewohner der Liebreiz im Papageienhaus, Jörg und Beate, ihr befragt die Koblenzer Nachbarn des Ehepaars Liebreiz."

Kapitel 7

Rückblick: Grundkurs Deutsch 11

Eine der letzten Deutschstunden vor den Sommerferien, Ende Juli zweitausendneunzehn. Die Schüler warten auf Frau Doktor Liebreiz, die sich, wie zumeist, verspätet. Als Schulleiterin lasse sich das kaum vermeiden, so ihre stereotype Entschuldigung.

„Bin ich froh, das Biest nach den Ferien nicht mehr im Unterricht ertragen zu müssen!"

„Geht mir auch so, Pit. Die Schreckschraube hat's geschafft, dass ich auf absehbare Zeit kein Buch mehr in die Hand nehme. Ich scheiße auf Fontane und Co."

„Die können nichts dafür, wie sie uns untergejubelt werden", weist Mara Paul zurecht. „Mir jedenfalls versaut keine Liebreiz die Freude an einem Rilke-Gedicht."

„Ha, ha, ha", schallt es Mara mehrmundig entgegen.

„Ich bleibe im Grundkurs", winkt Fabian gelangweilt ab. „Dann lese ich halt Kletts ‚Lektürehilfe' statt *Katz und Maus* im Original. Sichert mir zumindest zehn Punkte."

Seine Freundin Mareike, die Trophäe für die Jungs des Jahrgangs, schweigt.

Die Tür geht auf und Doktor Liebreiz rauscht in den Kursraum, die korrigierte Grundkursarbeit unter dem Arm. Rückgabe auf den letzten Drücker, die Zeugniskonferenz findet am nächsten Tag statt.

„Erwartbar mäßiges Ergebnis", verkündet sie kurzatmig, „Schnitt sechs Punkte. Mareike hat mit ihren dreizehn Punkten das Ergebnis kosmetisch insgesamt etwas aufgehübscht."

Mareike verzieht keine Miene, obwohl ihre Mitschüler anerkennend auf die Tische klopfen.

„Ein Liebesgedicht als Thema der Kursarbeit. Geht's noch!?", beschwert sich Paul.

„Wieso?", fragt Liebreiz.

„Allzu persönlich. Ich zieh mich doch nicht vor Ihnen aus, Frau Doktor, sprachlich meine ich", mault er und erntet höhnischen Applaus.

„Das sollten Sie auch nicht, sprachlich meine ich", entgegnet sie und blickt aus den Augenwinkeln kurz zu Pauls Banknachbar Fabian hin. „Aber Ihre Interpretationshypothese textnah überprüfen, das schon. Was Ihnen …" Moment mal. Sie kramt Pauls Kursarbeit aus dem Stapel und sagt: „Was Ihnen übrigens ansatzweise gelungen ist."

Bei diesen Worten schiebt sie ihm die Blätter zu.

„Mit sieben Punkten kann ich leben", grummelt er.

Sie verteilt die anderen Arbeiten. Vor Fabian bleibt sie stehen, räuspert sich und sagt: „Sie haben als einziger den homoerotischen Kern von Stefan Georges Gedicht erkannt, Fabian. Chapeau! Leider haben Sie sich zu wenig Mühe gemacht, Ihre Hypothese textnah differenzierter zu verifizieren. Schade eigentlich."

„Mit zehn Punkten kann ich gut leben", verkündet er. …

Gegen Ende der Stunde fragt Liebreiz: „Hat jemand schon mal Grass *Katz und Maus* angelesen?"

Überraschenderweise meldet sich Pit.

„Pit. Aha! Was meinst du? Worum geht es in der Novelle?"

„Um einen verklemmten Wichser", sagt der und heimst grinsende Blicke ein.

„Schade, dass Sie Ihre Lesefrüchte nach den Ferien nicht mehr unserem Kurs auftischen wollen", kommentiert Liebreiz ungerührt.

Kapitel 8

Die Koblenzer Nachbarn

„Einerseits haben wir sie bewundert, die studierten Leute", sagt Bernd Nachtweih, rechtsseitiger Nachbar von Liebreiz, langjähriger Hausmeister im Clemens-von-Brentano-Gymnasium. Man sitzt im zur Mosel hin offenen Wintergarten. Er stützt sein grübchenbewehrtes Kinn auf der linken Hand ab.

„Doch Zug um Zug haben wir bemerkt, dass da was faul ist im Staate Dänemark", tut seine Frau sich wichtig. Mit ihren über einem abgebrochenen Schneidezahn hochgezogenen Lippen kommt sie Bachmann wie die Hexe aus einem Märchen der Brüder Grimm vor. Sie schiebt dem Kommissar die Schale mit Plätzchen zu. Der lässt sich trotzdem nicht zweimal bitten.

„Aha?"

„Na ja, die junge Frau Doktor ist immer seltener aufgekreuzt, dafür haben sich andere junge Frauen die Klinke in die Hand gegeben", sagt Nachbar Nachtweih.

„Studentinnen?"

„Schon möglich."

„Und wie war das in den Tagen seit vorletzten Montag?"

Nachtweihs wechseln Blicke und er sagt achselzuckend: „Nichts Außergewöhnliches. Nur dass, wann war das noch …?"

„Ja?"

„ ... mein Mann meint, an dem Tag, als Sie mit Ihrer netten Kollegin den Professor Liebreiz besucht haben, ...“

„ ... dass da ein junger Mann bei ihm war. Der ist mit seinem Rennrad abgedüst, kurz bevor Sie aufgetaucht sind", sagt er und rüffelt seine Frau mit einem Seitenblick.

Bachmann zückt das Smartphone, wischt über das Display und hält es den Nachtweihs unter die Nase.

„Der war's", kommt die Antwort wie aus einem Mund.

„Dass Sie das alles so genau wissen ...“

„Wissen Sie, Herr Kommissar", sagt er, „meine Frau ist schon immer grundneugierig gewesen.“

„Hat dich nie gestört!", zischt sie.

„Stimmt", sagt er, „da hat's immer was zu quatschen gegeben.“

„Was dir in die Karten gespielt hat", ergänzt sie mokant.

„Wie das?", fragt Bachmann.

„Na ja, als Rentner ist er aufgeblüht.“

Sie macht eine bedeutungsheischende Pause. Der Kommissar hebt die Brauen.

„Er schreibt Krimis.“

„Es gibt nichtssagendere Beschäftigungen", meint Bachmann.

„Das aus Ihrem Mund, Herr Kriminalkommissar", sagt Nachtweih schmunzelnd.

„Deshalb interessiert mich Ihre Einschätzung, Herr Kollege", ergreift Jörg Bachmann die Gelegenheit beim Schopf. „Wer hat Frau Doktor Liebreiz auf dem Gewissen?“

Ohne mit der Wimper zu zucken, kommt Nachtweih flugs mit einer Antwort um die Ecke.

„Die hat ein Eifersüchtiger weggeputzt."

„Wie das?"

„Als Autor läge das für mich auf der Hand. Attraktives Weibsbild, keine Frage."

„Rose wirft ihm giftige Blicke zu.

„Aber hat er sie auch, wie haben Sie gesagt? … auf dem Gewissen? Da wäre ich vorsichtig."

„Weil?"

„Weil die Frau eine kaltschnäuzige Person gewesen ist", schnattert Frau Nachtweih drauflos. Der Professor hat mir schon lange leid getan."

„Rose, bitte!", grummelt ihr Mann.

„Sei still, Bernd! Die ist ihm auf der Nase herumgetanzt und er ist ihr ausgeliefert gewesen."

„Wie das?"

„Na hören Sie mal. Die hat nur mit dem Arsch wackeln müssen."

„Fernglas?"

„Sie haben meine Frau durchschaut", sagt ihr Mann lachend und erntet erneut einen giftigen Blick.

„Ach übrigens", sagt er, „auch die erste Ehe des Herrn Professor, die war, wie soll ich es sagen …"

„ … am Arsch", ergänzt seine Frau derb. „Die studierten Leute kriegen es irgendwie nicht gebacken", meint sie.

„Gab es Anzeichen für das damalige Ehezerwürfnis?", fragt Bachmann.

„Und ob. Schreiereien und so weiter. Da sind die Fetzen geflogen. Fragen Sie mal die Möbius!"

Bei diesen Worten zeigt er aus dem Fenster Richtung übernächstes Haus.

„Und es gab Gerüchte", nuschelt Frau Nachtweih.

„Gerüchte?"

„Na, was die Leute so sagen. Dass die Frau Liebreiz, ich meine, was deren Tod anbelangt ..."

„Halt die Klappe, Rose", fährt ihr Mann sie unwirsch an. „An diesem Mist werden wir uns nicht auch heute noch aufgeilen. Ist das klar!"

Roses mächtiger Busen zittert, sie zuckt zusammen und schiebt wortlos ab.

Im Nachbarhaus zur Linken befragt zur gleichen Zeit, also Donnerstag, den elften März gegen zehn Uhr Kommissarin Wunderlich die pensionierte Oberstudienrätin Marion Möbius, eine gepflegte Dame in dunkelblauem Hosenanzug, etwas zu rundliches Gesicht, von Krähenfüßen flankierte graue Augen mit leichtem Silberblick, Oberlider anscheinend gestrafft, welliges graues Haar, gebündelt in einem Pferdeschwanz, dem ein Windstoß durchs geöffnete Seitenfenster zusetzt.

„Ehepaar Liebreiz?", spöttelt sie. „Soweit ich das mitbekommen habe, schaltete Frau Doktor, kaum dass sie den Kater im Sack hatte, beziehungstechnisch auf Durchzug. Wenn sie denn mal auftauchte. Karrierehungrig soll sie übrigens schon immer gewesen sein."

„Sagt wer?"

„Ich habe da meine Gewährsleute, Frau Kommissarin", raunt Möbius und gönnt sich einen Schluck Tee.

Beate Wunderlich, die ihr gegenüber sitzt, tut es ihr gleich.

„Und der Professor?"

„Hätte es wissen müssen. Aber blind verliebt, ist er ihr auf den Leim gegangen."

„Vermuten Sie, oder?"

„Eine ehemalige Kollegin war Mitreferendarin der frisch verheirateten blutjungen Frau Doktor, die ihrem angeheirateten Nachnamen alle Ehre gemacht habe. Die Prüfungsergebnisse der Dame verströmten wohl liebreizende Duftnoten."

„Ist Ihnen in den letzten Tagen etwas Außergewöhnliches in der Nachbarschaft aufgefallen?"

„Sie meinen nach ihrem Ableben?"

Wunderlich nickt.

„Ein Streit im Wintergarten da drüben", sagt Frau Möbius und lässt die Augen zum Nachbarhaus wandern.

„Aha?"

„Ein junger Mann und Doktor Liebreiz standen sich wild gestikulierend gegenüber, soweit ich das beobachten konnte."

Die Ermittlerin zeigt der Zeugin eine Handyfoto her.

„Der war's."

„Sicher?"

„Ganz sicher."

„Wie lange?"

„Vielleicht fünf Minuten. Dann ist er hinausgestürzt, hat sich aufs Rennrad geschwungen und ist abgerauscht. Kurz danach parkten Sie mit Ihrem Kollegen vor dem Haus des Professors."

„Das war vor einer Woche. Vielleicht ein Student?"

„Möglicherweise."

„Ist Herr Liebreiz als Professor beliebt?"

„Respektiert, er verlangt viel. Als Statistikkoryphäe hat er einen exzellenten Ruf, deutschlandweit."

„Was haben Sie übrigens unterrichtet, Frau Möbius?"

„Englisch und Französisch. Ich liebe Fremdsprachen, aber zwei davon sind für den Lehrerberuf nicht zu empfehlen."

„Wegen der Korrekturen?"

„Das auch. Problematischer ist allerdings etwas anderes. Man bleibt zu den Schülern emotional zumeist auf Distanz. Die Muttersprache erst schafft emotionale Nähe."

„Ein Wort noch zum Professor."

Frau Möbius greift zum Etui auf dem Beistelltischchen und nestelt fahrig eine Zigarette heraus.

„Ist heute out, ich weiß", sagt sie, „meine täglichen drei *Eve* werde ich dennoch bis zum letzten Atemzug genießen."

Mit dem goldfarbenen Feuerzeug entzündet sie die *Eve* und inhaliert genüsslich.

„Wissen Sie, Frau Wunderlich. Wir kennen uns schon sehr, sehr lange."

Versonnen schaut sie den Wölkchen hinterher, die sie in Richtung des Nachbarhauses bläst, weg von der Kommissarin.

„Das Haus Liebreiz und unseres wurden zur gleichen Zeit Anfang der neunziger Jahre gebaut. Wir waren damals gut befreundet, sehr gut."

Sie hüstelt und fixiert die Augen Wunderlichs, die ob des plötzlich veränderten Zungenschlags von Frau Möbius die Brauen hebt. „Wunderbare Kinder hatten die beiden. Ich bin übrigens Patin des Sohnes. Wir hatten leider keine Kinder."

Sie inhaliert tief.

„Zweitausendneun starben mein Mann und Eva, die Frau von Doktor Liebig, kurz hintereinander."

Sie schnippt die Asche ab und drückt die *Eve* aus.

„Drei Jahre später dann die Neue an seiner Seite. Sie hat den Faden zwischen uns zerschnitten", sagt sie mit nun barschem Unterton.

„Was Sie gekränkt hat, vermute ich."

Frau Möbius zuckt die Achseln und schaut eine Weile ins Leere. Dann steht sie abrupt auf und geht zu einem schmucken Holzsekretär, öffnet und entnimmt ihm ein Papier, das sie der Kommissarin mit den Worten: „Selbst wenn das mich verdächtig machen sollte!", überreicht.

Auf Balkon und Terrasse

Er und sie beobachten sich vis-à-vis,
eines Juniabends – so viel Nähe war nie.
Luftlinie hundert Meter vielleicht.
Wie ein Fußballfeld, wenn's reicht.

Erinnerungen tauchen aus dem Gestern auf.
Sie tauschen sich baldigst … aus … die Maus.
Vorvorgestern war sie die Rettungsbrücke.
Doch die brach alsbald in Stücke.

Hochoben fängt ein Paragleiter an zu toben.
Sein Schirm, er hat sich arg verschoben.
Wird schon werden, verspreche ich, Nase oben.
Man soll den Morgen nicht vor dem Abend loben.

Immer noch vierundzwanzig Grad hoch oben.
Es ist neun Uhr neun. Würde er mich loben?
Da biegt sie um die Ecke,
die Temposchnecke.

Schwalben kreisen stumm,
über unsren Köpfen rum.
Kein Wind bewegt sie.
Mein Wunsch erhebt sie.

Das lässt mich hoffen.
Die Zukunft ist offen.
Ich träume weiter
und bleibe heiter.

„Ich weiß nicht, warum ich Ihnen die Zeilen gegeben habe. Bislang hat sie keiner gelesen."

„Sehr eindrucksvoll, Frau Möbius. Darf ich es behalten?"

„Gerne. Es steht in meinem Tagebuch."

„Eine Frage noch, wenn ich darf?"

Die pensionierte Oberstudienrätin nickt.

„Eine hypothetische Frage. … Frau Doktor Liebreiz hätte ja auch Ihre Chefin werden können."

„Gott bewahre!"

Kapitel 9

Rückblende: Offizielle Einführung der Schulleiterin Doktor Liebreiz

„Ich darf Sie nun, liebe Gäste, zum geselligen Teil des heutigen Festtags ins Foyer einladen", verkündet die Vorsitzende des Fördervereins, „Eltern und Schüler haben Schnittchen und Getränke vorbereitet."

Nach zweistündigem Redemarathon der üblichen Pflicht-Gratulanten, mehrfach aufgelockert durch musikalische Beiträge von Schülern und Lehrern, skizziert die Schulleiterin Doktor Judith Liebreiz ihre Vorstellungen zur Entwicklung der Schule. Der spärliche Beifall für ihren zehnminütigen Vortrag überrascht Insider keineswegs; schließlich hat sie in den zwei Monaten vor dieser offiziellen Einführung im September zweitausendachtzehn, zelebriert vom zuständigen Referenten der Schulbehörde, kein Fettnäpfchen ausgelassen und bereits gehörig Porzellan im Hunsrück-Gymnasium zerschlagen. Das Lehrerzimmer hat sie kaum einmal betreten, Gespräche mit Kollegen finden in ihrem Dienstzimmer statt, und zwar ausschließlich nach förmlicher Voranmeldung; die Schülervertretung wartet noch immer auf ein erstes Treffen, Elternbeirat und Personalrat können froh sein, die neue Chefin bereits einmal gesprochen zu haben. Noch hält sich der Unmut in Grenzen, noch wartet man ab und hofft auf Besserung.

Flankiert von Ehemann und Stellvertreter an einem seitlich platzierten Stehtisch mit Sekt und Snacks, lässt Judith Liebreiz die mandelförmigen, eng beieinander liegenden Augen kreisen. Ihre rot angestrichenen Lippen, ein dünner Strich, zucken, sobald der Geräuschteppich im Foyer sich durch den einen oder anderen Lacher anhebt. Das eng anliegende, kurvenbetonte, tief dekolletierte, satt scharlachrote Kostüm scheint verstohlenen Blicken zufolge hie und da Thema an den Stehtischgrüppchen zu sein.

Als Herr Liebreiz ihre Hand streicheln möchte, nachdem sie das Sektglas abgestellt hat, zieht sie dieselbe melaniaartig zurück. Meinhard Mangold, unbotmäßig lässig gekleidet, was bei seiner saloppen Begrüßungsansprache zu Beginn der Veranstaltung bereits für Irritationen bei den geladenen Gästen gesorgt hat, meint mit einem Witz die peinliche Situation überspielen zu können. Das gelingt dem herbeieilenden Landrat unbeabsichtigt besser. „Auf gute Zusammenarbeit, Frau Oberstudiendirektorin!", wünscht er in Anspielung auf die Amtstitelverwurstung des Schulreferenten, der in seinem Schlepptau angerückt ist. Judith Liebreiz setzt ihr maskenhaftes Lächeln auf und prostet den beiden Herren zu, ohne ihren Geleitschutz links und rechts zu beachten. Als Professor Liebreiz meint, sich selbst ins Spiel bringen zu können, knipst sie unwirsch sein unsichtbares Mikrofon aus und mahnt den Referenten, dessen grauer C&A-Anzug von ihrem prüfenden Blick in die Mülltonne befördert wird, zeitnah die angeforderten Vertretungskräfte anrücken zu lassen. Unter einem Vorwand brechen die beiden Herren die Stippvisite ab und lotsen beim Abgang Mangold mit zu einer entfernten Gruppe, wo es hörbar lustig zugeht. Nun allein zu zweit am Stehtisch zischt Judith Liebreiz ihrem Gatten zu: „Nimm dich zusammen, du Volltrottel!" Da taucht die Schülersprecherin auf und erlöst den Gedemütigten aus seiner Not. Er räuspert sich und verlässt das Foyer, begleitet von scheelen Blicken der Umstehenden.

Kapitel 10

Die Nachbarin im Papageienhaus

Die Soko-Chefin sitzt der unmittelbaren Nachbarin von Doktor Liebreiz in deren Wohnung im Papageienhaus gegenüber. Eigentlich Lukas' Aufgabe, doch der hat sich kurzfristig krank gemeldet. Geöffnete Fenster links und rechts sorgen auch hier für Durchlüftung bei frühlingshafter Außentemperatur.

„Frau Landgrebe, zunächst eine Frage, die Sie wahrscheinlich nicht mehr hören können."

„Nicht verwandt mit der flambierten Frau", kommt die Antwort wie aus der Pistole geschossen.

„Vom Alter und der Optik her, wenn ich das so sagen darf ..."

„Netter Versuch, Frau Kommissarin", unterbricht sie die zierliche, gepflegte Frau schmunzelnd. „Wir, ich meine die Schauspielerin und ich, wir sind uns mal zufällig begegnet. Sie frönt demselben Laster wie ich", sagt sie und zeigt auf das Zigarettenetui.

„Nun, wie Sie sich denken können, bin ich nicht hier, um mit Ihnen über Schauspieler und deren Filme zu reden, so unterhaltsam das auch wäre, sondern ..."

„Sie wollen mich zu Frau Doktor Liebreiz befragen, richtig?"

Corinna Schmidt nickt.

„Nun, eine merkwürdige, ja eine sonderbare Frau", sagt Landgrebe.

„Wie darf ich das verstehen?"

„Formal immer korrekt, guten Morgen, guten Abend und so weiter. Aber nicht ein persönliches Wort. Die hatte etwas, wie soll ich es sagen, die hatte etwas Olimpiahaftes an sich."

„Sie meinen E.T.A. Hoffmanns Automatenfrau?"

„Oha! Respekt, Frau Kommissarin, Respekt! Wer kennt heute noch den *Sandmann*."

„Ich habe ein paar Semester Germanistik studiert und bin eine Leseratte", meint Schmidt.

„Dass es so etwas noch gibt!", freut sich Langrebe.

„Zudem war mein Freund mal Deutschlehrer", sagt Corinna. … „Nun aber zurück zu Frau Liebreiz."

„Mm … Selten habe ich jemand getroffen, dessen Art so gar nicht zum Namen passt. Von Liebreiz keine Spur. Und beim Vornamen Judith habe ich unwillkürlich an den armen Holofernes denken müssen."

„Aha!"

„Unterkühlt, diese Judith Liebreiz, voller Widersprüche, ein hübsches Gesicht …"

– bei diesen Worten hält sie inne und ihr Blick verweilt für einen Moment auf Corinnas Augenpaar; kaum merklich schüttelt sie den Kopf, um dann fortzufahren – „tolle Figur, keine Frage, jedoch linkische Bewegungen, manchmal aufbrausend, dann wieder verhuscht, also ich weiß nicht recht. Teure Kleidung, aber oft unpassend. Kein Geschmack."

„Aufbrausend?"

„Na ja, die Wände im Papageienhaus sind schlecht gedämmt. Vielleicht heißt es deshalb so."

„Und was haben Sie da mitgekriegt?"

„Sie sind hartnäckig, Frau Kommissarin."

„Berufskrankheit."

„Na, in letzter Zeit hatte sie hin und wieder Besuch von einem jungen Mann und einmal auch von einer jungen Frau. Mit der hat sie sich angelegt … oder umgekehrt."

Schmidt zeigt Landgrebe ein Handyfoto.

„Ich glaube, die war's. Bin mir aber nicht sicher. Hab sie nur kurz vorbeihuschen sehen. Nachdem sie die Tür ins Schloss geworfen hatte. Durch den Spion meine ich."

„Wann war das?"

„Ende vorletzter Woche … Könnte am Samstag gewesen sein, gegen elf Uhr."

„Und am Tag drauf?"

„War ich leider nicht hier. Kurzer Krankenhausbesuch, Herzkasper. Aber alles okay. Die haben mich am Tag darauf wieder entlassen."

„Wenn Ihnen noch etwas einfällt, Frau Landgrebe", sagt Schmidt und reicht der Nachbarin eine Visitenkarte.

„Sie haben uns bereits sehr geholfen."

„Ach ja?"

Kapitel 11

Dritte Sitzung der Soko „Liebreiz"

„Ich fasse zusammen", sagt die Soko-Chefin am Freitag, den zwölften März gegen neun Uhr im Besprechungsraum der Polizeiinspektion Simmern, „der Schüler Fabian Lochner ist ins Zentrum der Tatverdächtigen gerückt."

Zustimmendes Nicken allenthalben.

„Und doch beschleicht mich ein ungutes Gefühl …",

„ … dass ein Schüler seine Lehrerin ins Jenseits befördert, aus Eifersucht oder warum auch immer?", wird sie unterbrochen.

„Nein, nein, Beate, so eine Tat passt einfach nicht zu dem Jungen."

„Wir sollten ihn endlich selbst zu Wort kommen lassen", nörgelt Castor.

„Ich habe ihn und ebenso Mareike für heute um neun Uhr einbestellt", informiert Schmidt. „Jetzt haben wir …" – sie schaut auf die Uhr – „ … zehn Uhr fünf. … Bislang glänzen sie mit Abwesenheit."

„Mit Absicht oder weil man sie daran hindert, hierherzukommen und auszusagen, oder weil etwas passiert ist?"

„Ich weiß es nicht, Jörg", stellt Schmidt klar. „Wir müssten mehr wissen. Wie ist es um die Beziehung der drei Figuren bestellt gewesen?"

„Lesbische Beziehung oder nicht, Eifersucht, wie Nachtweih spekuliert, andere Formen von

Abhängigkeit, was auch immer", rätselt Wunderlich und schaut in ratlose Gesichter.

Da meldet sich *Melissa*, die Signalmelodie von Schmidts Diensthandy. Sie überfliegt die eingegangene Mail und ihre Stirn kräuselt sich.

„Damit hätte ich nun wirklich nicht gerechnet", murmelt sie, um dann vorzulesen: „Frau Doktor Liebreiz wurde nicht getötet, sie starb an einem Herzinfarkt. Ob Unfall oder Fremdeinwirkung zu Sturz und Schädelfraktur führten, lasse sich nicht eindeutig klären. Und noch etwas: Sie hatte, bevor sie verstorben ist, Geschlechtsverkehr, wahrscheinlich einvernehmlichen, keine Gewaltspuren. Die DNA des Spermas gibt nichts her; unsere Dateien spucken keine Treffer aus."

„Wow!", schlägt es Corinna entgegen.

„Die Schädelfraktur war also nicht tödlich. Sie starb, womöglich stressbedingt, an einem Herzinfarkt, und zwar aufgrund eines vermutlich angeborenen Herzfehlers", lautet die Diagnose aus der Mainzer Pathologie.

„Notarzt Doktor Gießen war gut beraten, vorsichtig zu sein, was die Todesursache anbelangt", grummelt Jörg.

„Die Frage nach Täter und Motiv stellt sich also gar nicht oder völlig neu?", fragt Lukas in die Runde.

„Hat Sexakrobatik vielleicht den Stress ausgelöst", frotzelt Jörg und blinkt seiner Freundin Beate zu, die rot anläuft.

„Wenn die Dame nicht 'ne medientaugliche Promi wäre, würden wir vielleicht gar nicht ermitteln", vermutet Lukas.

„Jemand hat Liebreiz womöglich in Rage versetzt, sie vielleicht geschubst, sie aber nicht töten wollen, oder?"

„Könnte sein, Beate", meint Corinna, „deshalb könnte der Kreis der Verdächtigen auch über die drei hinausgehen, auf die wir uns bislang kapriziert haben."

„Unstrittig ist nun mal, dass jemand die Wohnung verwüstet hat. Das wird sie ja wohl nicht selbst getan haben", meint Jörg. „Wahrscheinlich nach dem Tod der Frau", sagt Lukas.

„Und Fabian Lochner? Großes Fragezeichen. Ich weiß, nicht einfach, eingeschlagene Ermittlungspfade zu verlassen. Versuchen wir es trotzdem", schlägt Schmidt vor.

„Wir müssen den Professor fragen, warum Fabian, immerhin ein Schüler seiner Frau, ihn aufgesucht hat und warum es, wie die Nachbarin sagt, zum Streit gekommen ist", insistiert Jörg, „wir sollten ihm nochmal 'nen Besuch abstatten; ohnehin hat er uns beim letzten Mal einiges vorenthalten".

„Wir müssen wissen, ob die Herzkrankheit seiner Frau bekannt war", ergänzt Beate.

„Also Ihr beide", sagt Corinna, „Lukas kümmere du dich um Mareike und Fabian. Ich werde mich weiter im Papageienhaus umhören. Leider habe ich bislang nur die dortige Nachbarin der Toten angetroffen, eine Frau Landgrebe; die war leider in der Todesnacht im Krankenhaus."

Kapitel 12

Überraschende Hinweise

Am Nachmittag desselben Tages klopft die Soko-Chefin um vierzehn Uhr an die Tür des Mieters Nölling im Papageienhaus. Ein sichtlich verschlafener End-vierziger mit zerzausten Haaren öffnet nach erneu-tem Klopfen missmutig und starrt die Ermittlerin, die Mund-Nasenschutz trägt, an, als komme sie von einem andern Stern. Als sie ihm die Dienstmarke ent-gegenhält, kratzt er sich am Hinterkopf. Dann schlägt er sich gegen die Stirn, greift auf die Holzablage neben der Tür und streift sich ebenfalls eine Maske übers Gesicht.

„Hauptkommissarin Schmidt, darf ich eintreten?"

„Bitte", raunt er und schlurft vorweg in ein unauf-geräumtes Wohnzimmer, in dem sich Kartons stapeln.

„Bin noch nicht dazu gekommen", meint er, dreht den Kopf in Richtung des Stapels und bittet Schmidt, Platz zu nehmen. Die sucht in der Zeitungswüste auf der Couch eine Sitzgelegenheit und kommt sofort zur Sache:

„Herr Nölling, waren Sie am Sonntag, den acht-undzwanzigsten Februar am Abend und in der Nacht hier in Ihrer Wohnung?"

„Denke schon. Ist das wichtig, Frau Kommissa-rin?", fragt er flackernden Blicks.

„Sie haben doch mitbekommen, dass Frau Doktor Liebreiz im Appartement über Ihnen eben dort tot aufgefunden wurde, oder?"

„Das erste, was ich höre", stammelt er und greift fahrig zur Zigarettenschachtel; er nestelt eine *Marlboro* heraus, entzündet sie und inhaliert tief. „Ich bin am frühen Montagmorgen letzte Woche beruflich nach Berlin aufgebrochen und erst seit einer Stunde zurück. Ist ja furchtbar!"

„Hat an besagtem Sonntagabend vielleicht jemand Frau Liebreiz besucht?"

„Ja, ja, als ich gegen einundzwanzig Uhr, die Glocke der Stephanskirche, wissen Sie, den Müll nach unten brachte, stieg ein Mann nach oben; ob zu Liebreiz oder zu Langrebe, das weiß ich allerdings nicht mehr.

„Können Sie den Mann beschreiben?"

„Vielleicht Mitte bis Ende fünfzig, etwa einsachtzig groß, graumeliertes, dichtes Haar, auffallend ein Schmiss auf der Backe."

„Der?"

Hauptkommissarin Schmidt hält Nölling das Smartphonefoto unter die Nase. Er nickt.

„Einen Moment bitte", sagt sie und schickt Bachmann eine SMS.

Professor Liebreiz war am Tatabend im Papageienhaus!
Sie räuspert sich.

„Eine Stunde später muss noch jemand dagewesen sein. Jedenfalls hörte ich, wie oben eine Tür quietschte. Das Papageienhaus ist ja leider in Sachen Geräuschdämmung von vorvorgestern", meint Nölling.

Sie klingelt in der Nachbarwohnung und eine Frau mit Handtuchturban und im Bademantel öffnet einen Spalt weit. Klaviermusik im Hintergrund.

„Oh, Schumanns *Carnaval*", sagt Corinna Schmidt und zeigt den Dienstausweis her.

Die Frau zieht die Brauen hoch und sich einen Nasen-Mundschutz übers Gesicht und sagt „Martha Argerich".

Sie bittet die Kommissarin einzutreten. „Entschuldigen Sie meinen Aufzug, Frau Schmidt."

„Ich habe mich zu entschuldigen, Frau Kafitz. Ich mache es kurz. ..."

Während sie ihr Anliegen vorbringt, muss Corinna Schmidt erneut registrieren, dass ihr Gegenüber sonderbarerweise einen Tick zu lang ihre Augen taxiert.

„Also an dem Abend habe ich spät Ajax" – bei seinem Namen spitzt der Dackel, der in einem Korb zu schlafen schien, die Ohren – „nochmals Gassi geführt. Als wir zurückkamen, stieg eine Frau in ein Auto mit Koblenzer Kennzeichen. Sie stieg hinten ein und der Mann, der vorne gewartet hatte, fuhr los."

„Sehr spät", sagten Sie.

„Nun ja, schätze gegen zweiundzwanzig Uhr."

„Können Sie die Frau beschreiben?"

„Schwierig. Der Wind schüttelte die Laterne, deren Licht flackerte. Eine ältere Dame, größer als ich, eher schlank, im Mantel. Als sie die Wagentür öffnete, rutschte ihr der Hut vom Kopf und ich meine, sie hatte graues Haar, Pferdeschwanz."

„Der Fahrer?"

„Nur vage Umrisse."

„Aber ein Mann?"

„Habe ich so in Erinnerung."

„Noch etwas. Vielleicht zum Auto? Koblenzer Kennzeichen, haben Sie gesagt."

„Das ja. Aber die Ziffern danach? Keine Ahnung. ... Ein PKW. Marke weiß ich nicht. Auffallend aber die knallgelbe Farbe."

„Danke, Sie haben uns sehr geholfen, Frau Kafitz. Und nochmals, entschuldigen Sie die Störung."

Im Hausflur schickt Corinna Bachmann eine weitere SMS:

Schaut Euch nach einem knallgelben PKW mit Koblenzer Kennzeichen um!

Ein halbe Stunde später antwortet Jörg: *Ein gelber A 3 steht vor der Garage des Nachbarn Nachtweih. Doch weder er noch Liebreiz sind zu Hause. Wir sollten alle, auch die Möbius zum Verhör nach Simmern einbestellen!*

Kapitel 13

Halbwahrheiten

„Herr Doktor Liebreiz, Sie haben uns nicht die Wahrheit gesagt", eröffnet die Soko-Chefin das Verhör des Professors am Nachmittag desselben Tages, Freitag, den zwölften März, sechzehn Uhr.

„Die Wahrheit. Ein großes Wort Frau Hauptkommissarin."

In seinem maskenhaften Gesicht ziehen sich die Winkel des schmalen Mundes zu einem süffisanten Lächeln nach oben, während sein Blick das Augenpaar Schmidts abtastet.

„Sie haben uns weiszumachen versucht, um Ihre Wochenendehe stehe es bestens", assistiert Bachmann. „Und in der Nacht zum Montag seien Sie zu Hause in Koblenz gewesen, die Nacht, in der Ihre Frau verstorben ist."

„Da war ich zu Hause", sagt Liebreiz.

„Aber nicht am Abend des Tages. Dafür gibt es Zeugen."

„Wo soll ich denn gewesen sein?"

„Im Papageienhaus in Simmern. Bei Ihrer Frau."

„Und das will jemand gesehen haben?", fragt er grinsend.

„So ist es."

„Auf den Zeugen bin ich gespannt, Herr Kommissar."

„Besitzen Sie einen Schlüssel zur Wohnung Ihrer Frau?"

„Natürlich", antwortet er, „hin und wieder habe ich sie dort auch mal besucht."

„Uns interessiert, was Fabian Lochner, ein Schüler Ihrer Frau, von Ihnen gewollt hat. Der hat Sie letzte Woche Donnerstag, kurz bevor wir bei Ihnen anklopften, aufgesucht."

„Ein hitzköpfiger junger Mann, Frau Schmidt. Er hat behauptet, meine Frau habe ihn stets unterbewertet. Sie habe ihn anscheinend auf dem Kicker gehabt. Zudem habe sie einen schlechten Einfluss auf seine Freundin Mareike gehabt, die ihm zusehends entgleite. Als ich ihn fragte, was er mit ‚schlechtem Einfluss' meine, ist er rot geworden und ausgerastet."

„Unlogisch. Das wissen Sie!", kommentiert die Kommissarin.

„Ich habe mich auch gewundert, weshalb er damit nach dem Tod meiner Frau bei mir aufgekreuzt ist."

Die Ermittler wechseln Blicke und erneut das Thema.

„Mm. Wussten Sie, dass Ihre Frau eine chronische Herzerkrankung hatte, Doktor Liebreiz?"

Er zuckt zusammen und sein Gesicht wird blass. „Was sagen Sie da?!", stottert er.

„Letztlich ist sie gemäß Obduktionsbefund daran verstorben", sagt Corinna Schmidt und klärt ihn über die Hintergründe auf. Als er sich wieder etwas gefasst zu haben scheint, fordert Bachmann: „Wir brauchen Ihre Fingerabdrücke."

„Was soll das? Fingerabdrücke von mir gibt es zuhauf. Wie gesagt, ich war gelegentlich dort."

„Aber nicht unbedingt auf der Kleidung der Toten", wendet Schmidt ein.

„Nicht ohne richterliche Anordnung", lehnt er ab, um dann grußlos den Verhörraum zu verlassen.

„Wow! War der wirklich fassungslos?", fragt sich Jörg. „Ob die Liebreiz selbst nichts von ihrer Krankheit gewusst hat?"

„Ein geübter Schauspieler?", fragt die Chefin. „Wie dem auch sei. Ich werde den Staatsanwalt kontaktieren, Schulbehörde und Krankenkasse müssen uns weiterhelfen."

„Da bin ich gespannt", grummelt Jörg. „Übrigens, was er sich zu der Szene mit Fabian aus den Fingern gesaugt hat, das ist lächerlich."

„Sehe ich auch so. Warum gibt er den Lügenbaron und tischt uns eine völlig unglaubwürdige Geschichte auf? Was bezweckt er damit?"

„Wir müssen dringend die beiden Schüler befragen, Corinna."

Fabian und Mareike sind indes von der Bildfläche verschwunden. Die Eltern haben Vermisstenanzeigen aufgegeben. Fotos der beiden poppen bundesweit auf Polizei-Bildschirmen auf.

Kapitel 14

Beim Psychotherapeuten

„Dass ich mal bei einem Seelendoktor lande!", sagt Liebreiz kopfschüttelnd. Den Mund-Nasenschutz hat er abgelegt, nachdem Doktor Natusius darauf hingewiesen hat, dass der Therapieraum über ein ausgetüfteltes Belüftungssystem verfüge.

„So felsenfest Ihr Selbstbewusstsein bisher, Herr Professor?"

Der zuckt mit den Schultern und bekennt: „Der Tod meiner Frau hat mir den Boden unter den Füßen weggezogen."

Sie schaut Liebreiz mit warmen Augen an, die Brauen nach oben gezogen.

„Judith starb vor einer Woche. … Herzfehler."

„Von dem Sie nichts wussten?"

„So ist es. Aber …"

„Ja?"

„Ich habe ein Tagebuch gefunden. Sie wusste schon als Jugendliche davon."

„Und Sie haben nichts bemerkt?" …

„Ihre Verbeamtung hat sich in die Länge gezogen. Da hätte es bei mir klingeln können." „Ihre Frau war deutlich jünger als Sie?"

„Können Sie hellsehen, Frau Doktor Natusius?"

Die Ärztin übergeht die erstaunte Frage und meint: „Jetzt erscheinen bestimmte Eigenarten und Verhaltensweisen Ihrer Frau in einem anderen Licht, oder?"

„Darüber muss ich mir Klarheit verschaffen. Deshalb bin ich hier", räumt er ein.

„Erzählen Sie mir von Judith."

Er schaut sie aus großen Augen an.

„Wo und wie haben Sie sich kennengelernt, was hat Sie fasziniert, was später irritiert und so weiter?"

Liebreiz lehnt sich zurück, die Zeigefinger klopfen im Takt auf die Stuhllehnen; er durchforstet sein Gedächtnis. Nach einer Weile fährt er sich mit beiden Händen durch die Mähne.

„Oberseminar für Doktoranden", beginnt er sich zu erinnern, „etwa drei Jahre nach dem Tod meiner ersten Frau. Da schlug ein erotischer Meteorit in die Auftaktbesprechung ein – entschuldigen Sie mein Pathos! Rotlockiges wallendes Haar, schiefergraue funkelnde Augen, ein Energiebündel …"

„ … das Ihnen wieder Leben eingehaucht hat."

„In der Tat. Ich verliebte mich Hals über Kopf in Judith … und heiratete sie recht bald."

„Drängte Sie darauf?"

Er fährt sich mit der Hand über das glatt rasierte Kinn und gesteht sich mit verhaltener Stimme ein: „Ich hatte den Eindruck, Judith erwarte es von mir."

„Im Nachhinein betrachtet ein Fehler?"

„Meine erwachsenen Kinder würden das so sehen."

„Und Sie?" …

„Ach Gott, vielleicht hätten wir uns mehr Zeit lassen sollen."

„Die Judith aber angesichts des Damoklesschwerts über ihrem Kopf nicht hatte."

„Mag schon sein", sinniert Liebreiz. „Vielleicht hat sie deshalb immer Gas gegeben. Selbst beim Reden. Maschinengewehrfeuer."

„Nichts auslassen, nur nach vorne schauen, nicht nach links oder rechts. Keine Zeit verlieren; jeder Tag könnte schließlich der letzte sein", sagt Natusius, um dann zu fragen: „Das muss sich doch in irgendeiner Weise in Ihrer beider Beziehung bemerkbar gemacht haben! Oder ist diese Frage zu indiskret?"

Liebreiz' Gesicht läuft rot an. Er lässt sich erneut Zeit mit einer Antwort.

„Ich habe Judith mal auf den Kopf zugesagt: ,Du bist es nicht gewohnt, nicht zu bekommen, was du willst.'"

„Und?"

„,Stimmt!', hat sie trotzig gesagt. ,Und das ist gut so.'"

„Und dieses Statement hat Sie nicht provoziert?", wundert sich Natusius.

„Was hätte ich tun sollen?", meint er achselzuckend.

Die Therapeutin sagt zunächst nichts, schaut Liebreiz aber ruhig an. In ihm arbeitet es. Er rutscht auf dem Stuhl nach hinten, um Rückhalt zu finden.

„Kinder hat Judith nicht gewollt?", fragt sie in das Schweigen hinein.

„Ich habe das mal angedeutet, sie hat es schroff abgelehnt. ,Aber du bist doch Lehrerin geworden!', habe ich gesagt. ,Doch nicht deshalb!', hat sie entrüstet geantwortet."

„Da haben Sie nicht nachgehakt?"

„Sie kannten Judith nicht. Ihre Jas und Neins, ob ausgesprochen oder nicht, die duldeten keinen Widerspruch."

„Was blieb da noch an Gemeinsamkeiten?", rätselt Natusius.

„Sonderbar, dass mir das jetzt erst so richtig bewusst wird", murmelt er, zupft sich am Ohrläppchen und sucht den Blick der Therapeutin. „Zärtlichkeit war Judith fremd, absolut fremd. ... Im Bett ging es immer schnell zur Sache, wenn ich das mal so platt sagen darf. ... Und danach switchte sie abrupt in den Alltagsmodus um."

„Was man eigentlich Männern unterstellt", kommentiert Natusius.

„Sie haben recht", meint Liebreiz, „hätte mich eigentlich stutzig machen können."

„Hätte es etwas geändert?"

Er schüttelt den Kopf, um anzufügen: „Gestört hat mich, dass Judith morgens, kaum aufgewacht, reflexartig zum Tablet griff, um die neuesten Morgennachrichten bei *dnnd* abzurufen."

„Was Sie als ... ",

„ ... was ich als bodenlose Ignoranz empfand, Frau Natusius."

„Was haben Sie diesem Verhalten entgegengesetzt?"

„Nichts. Leider."

„Weshalb Ihnen irgendwann die Sicherung durchgebrannt ist."

„Wie meinen Sie das?"

„So, wie ich es gesagt habe, Herr Liebreiz."

Kapitel 15

Aussagen der Eltern Mareikes und Fabians

„Seit der Mittelstufe waren die beiden eng befreundet. Durch dick und dünn sind sie gemeinsam gegangen. Kein Blatt hat zwischen die zwei gepasst", weiß Herr Glück zu berichten. Man hat sich coronabedingt im Garten neben dem schmucken Einfamilienhaus der Familie verabredet.

„Aber vor einigen Wochen muss irgendetwas vorgefallen sein. Das hat sich zwischen sie geschoben", rätselt seine Frau.

„Oder irgendjemand?", wirft Wunderlich ein.

„Daran haben wir auch schon gedacht", sagt Frau Glück. „Ich habe das mal vorsichtig angetippt und mir einen Rüffel eingehandelt. Daraufhin hat Mareike dicht gemacht."

Die Kommissarin schaut gebannt auf die Frau, die ihr am Morgen des fünfzehnten März gegenüber sitzt. Man könnte meinen, sie sei die etwas ältere Schwester ihrer Tochter Mareike. Kein Fältchen im Gesicht, eine makellose Haut, die Figur einer Zwanzigjährigen.

„Was ist der Fabian für ein Mensch?", hört Beate sich sagen und gibt sich einen Ruck.

„Grundsolide, Frau Kommissarin, verlässlich, ehrgeizig, vor allem beim Sport."

„Aber auch ein Hitzkopf", meint Herr Glück, „wie unsre Tochter. Da hat's durchaus öfter mal gekracht zwischen den zwei. Vor allem in letzter Zeit."

„Aha?"

„Warum, das wissen wir nicht", übernimmt Frau Glück wieder das Wort. „Es ist nicht unsere Art, an der Tür zu horchen."

„Und Fabians Eltern?"

„Fragen Sie Herrn Lochner. Es ist nicht unsere Art, Klatsch zu verbreiten", antwortet Herr Glück.

„So ganz verstanden habe ich nicht, weshalb Fabian seit der Mittelstufe auf Mareike abgefahren ist", räumt Herr Lochner ein. Man steht sich in seiner von der Stirnseite her offenen Tischlerei gegenüber.

„Wie das?"

„Na ja, sie ist zwar ein bildhübsches Ding, aber eine Zicke. Und ich kenne meinen Sohn. Der kann ganz schön stur sein und … leider ja, auch jähzornig." Bei diesen Worten kratzt er sich am Hinterkopf und schiebt nach: „Das hat er von seiner Mutter."

„Sie leben alleine mit ihrem Sohn", fragt Wunderlich.

Lochner nickt.

„Und der Kontakt zu ihr?"

„Bei mir null und auch Fabian besucht sie immer seltener, vor allem in letzter Zeit."

„Warum?"

„Da müssen Sie ihn schon selbst fragen, Frau Kommissarin."

„Das würden wir ja gerne."

„Bevor Sie fragen. Ich habe nicht die geringste Ahnung, wo die zwei abgeblieben sind", sagt Lochner.

„Hat sich zwischen den beiden in letzter Zeit etwas verändert? Ist Ihnen da etwas aufgefallen?"

„Wissen Sie, ich habe alle Hände voll zu tun, vor allem seit Corona uns zu schaffen macht. Ich muss schauen, wie ich meine Tischlerei mit drei Mitarbeitern über die Runden bringe. Da ist Fabian leider zu kurz gekommen."

Lochner kratzt sich an der Schläfe, scheint nachzudenken.

„Moment, da Sie danach gefragt haben. Da geht mir etwas durch den Kopf."

Er fährt sich mit der Hand über das bärtige Kinn und schaut Wunderlich an. „Irgendwie habe ich das Gefühl, dass mein Junge erwachsener geworden ist. Der hat einen Sprung gemacht. Im Kopf meine ich."

„Woran machen Sie das fest, Herr Lochner?"

„Keine Ahnung. Eher so'n Gefühl. Kleinigkeiten. … Kürzlich hat er gefragt, ob er in der Werkstatt aushelfen könne. Zuvor undenkbar. Da waren Schule, Sport und Freundin immer wichtiger."

„Und was haben Sie zu ihm gesagt?"

„Dass mich sein Angebot freut. Bei Bedarf käme ich darauf zurück. Aber ein gutes Abitur sei wichtiger. Und er solle sein sportliches Ziel nicht aus dem Auge verlieren. Die Rheinlandmeisterschaft der Mountainbiker, wissen Sie. Zudem wäre Mareike nicht begeistert, wenn er noch weniger Zeit für sie hätte. Daraufhin, fällt mir gerade ein, hat er gesagt, das sei ihm egal."

„Hat Ihr Sohn einen Führerschein, Herr Lochner?", fragt Wunderlich.

„Wo denken Sie hin, Frau Kommissarin. Den hat er grundsätzlich abgelehnt. Und sich geärgert, dass Mareike nicht mitgezogen ist und ihn gemacht hat. Wie sagt man, ideologisch haben die zwei sich mehr und mehr auseinander entwickelt."

„Was in diesem Alter nicht verwundert, oder?", meint Beate.

„Könnte sein", murmelt er.

Kapitel 16

Aufzeichnungen Fabians

Gegen Abend erhält Beate Wunderlich eine Mail von Herrn Lochner. Sie hatte ihm ihre Visitenkarte gegeben.

„Hallo Frau Wunderlich,

ich habe mich in Fabians Zimmer umgeschaut, zugegebenermaßen mit schlechtem Gewissen. Doch mich bedrückt es, nicht zu wissen, wo mein Sohn ist und wie es ihm geht. In seinem Deutsch-Ordner habe ich ein Schreiben gefunden, das ich Ihnen im Anhang in Kopie zuschicke. Fabian hat schon immer Spaß daran gehabt, mit Worten zu spielen. Hat er von seiner Mutter, wie ich neidlos einräumen muss. Seine Deutschlehrerin scheint diese Leidenschaft in ihm befeuert zu haben. Der Inhalt irritiert mich zutiefst. Deshalb wende ich mich an Sie."

„Sie hat mir nur ein kleines Wort gesagt, und Worte kann man leider nicht radieren. Nun geht das kleine Wort mit mir spazieren. Und nagt." (Mascha Kaléko)

Haarsträubende Kopfgeburt?
In den Hintern beißen könnte ich mir und die Haare raufen, ja aus der Haut fahren und in Sack und Asche gehen – sollte ich?
Habe ich mir allzu lange eingebildet, nicht aus meiner Haut herauszukönnen?

Wie dem auch sei – statt meine Haut zu Markt zu tragen, hätte ich sie retten und mich mit Haut und Haaren auf sie einlassen können. Hätte ich ihr aus der Hand gefressen? Ob ich dann mit heiler Haut davongekommen wäre? Weiß der Teufel.

Vielleicht waren die Dinge mir unter der Hand tatsächlich über den Kopf gewachsen. Freie Hand hatte ich jedenfalls nicht mehr. Ich musste vorübergehend selbst Hand anlegen.

Gottlob habe ich mir nicht auf dem Kopf herumtrampeln lassen, die Dinge nicht aus der Hand gegeben. Statt sie auf den Kopf zu stellen und sie kopflos übers Knie zu brechen, habe ich meinen Kopf aus der Schlinge gezogen, statt ihn in den Sand zu stecken.

Immerhin, ich ließ den Kopf nicht hängen, legte die Hände nicht in den Schoß, sondern spuckte in dieselben. Auf den Kopf zu sagte ich ihr schlanker Hand, ich wolle zwar nicht mit dem Kopf durch die Wand, aber … jemand habe mir aus heiterem Himmel den Kopf verdreht. Die Geschichte hatte ich von langer Hand vorbereitet, was ich natürlich von der Hand weisen würde. In Unschuld würde ich meine Hände waschen.

Da stand sie Kopf, war wie vor denselben geschlagen. Nicht weil sie auf ihn gefallen wäre, ganz und gar nicht. Ihr war in den Kopf gestiegen, in dem Kopf-an-Kopf-Rennen mit der unbekannten (?) Konkurrentin, der ich den fiktiven Namen Corona gegeben hatte – den Namen hatte ich gelegentlich beiläufig mal fallen lassen –, den Kopf vorne zu haben. Kopflos hat sie Kopf und Kragen riskiert. Hatte noch jemand die Hände im Spiel? Ist ihr jemand zur Hand gegangen? Das liegt nicht klar auf der Hand.

Seitdem raucht mir der Kopf. Ich weiß nicht mehr, wo er mir steht. Keine Ahnung, wie sie es herausbekommen hat.

Nun stehe ich kopfschüttelnd vor einem Scherbenhaufen und mit leeren Händen da. Emotional lebe ich von der Hand in den Mund. Die Dinge sind mir unter den Händen zerronnen.

Bringen Scherben Glück?

Haarklein, Kopfsache.

Kapitel 17

Befragung der Mitschüler

„Der Coole und die Zicke. Traumpaar des Jahrgangs", meint Pit. „Wir haben gedacht, das hält. Und dann ..."

„Ja?"

„Flutscht die Liebreiz dazwischen."

„Heißt?"

„Die hat aus denen ein Albtraumpaar gemacht."

„Wie kann ich mir das vorstellen?"

„Sie hat die gegeneinander ausgespielt. Mal ihn, mal sie bevorzugt oder das Gegenteil."

„Hab nicht verstanden, dass Fabian da mitgespielt hat", schaltet Paul sich ein. „Weiß der Teufel, was ihn geritten hat."

„Ging's da um Noten oder um etwas anderes?"

„Keine Ahnung."

„Anders gefragt: Was meint Ihr, warum hat eure Lehrerin das gemacht?"

„An Spekulationen will ich mich nicht beteiligen, Herr Bachmann", sagt Paul und Pit nickt.

„Ihr habt mitbekommen, dass wir Fabian und Mareike suchen? Irgendeine Idee?"

„Leider nein", sagt Pit, „jemand aus der Dreizehn will gesehen haben, dass Mareike mit dem alten *Golf* ihrer Mutter vor Lochners Haus gehalten und gehupt hat."

„Und Fabian ist eingestiegen?"

„Keine Ahnung. Würde mich allerdings wundern."

„Wie das?"

"Na wie die ihn in letzter Zeit angeblafft hat."

„Und er?"

„Hat das souverän weggegrinst."

„Er hat selber keinen Führerschein."

„Stimmt. Passe nicht mehr in die Zeit, sagt er."

„Das hat der grünen Liebreiz übrigens gefallen, Paul", ergänzt Pit. „Blödsinn, die fährt doch ‚nen dicken *BMW*-SUV spazieren. So viel zu ihrem grünen Anstrich!"

„Mareike hat er mit seiner Ansicht auf die Palme gebracht. Ich glaube, ein Grund, weshalb es nicht mehr so gestimmt hat zwischen den beiden. Der Fabian ist bei solchen Fragen schon sehr kompromisslos", meint Pit.

„Wie sind die zwei denn so gelitten in eurer Stufe?", will Bachmann wissen.

„Die schöne Streberin eher weniger. Fabian dagegen sehr. Eigentlich ist er ein umgänglicher Typ, ein dufter Kumpel eben. Allerdings knallhart. Und als Sportass kann er punkten", schwärmt Paul.

„Knallhart?"

„Na ja, der lässt nichts raus, was in ihm vorgeht. Panzer drüber."

„Mareike ist trotz Mikropony und Dreadlocks eine angepasste Nudel, zickig, aber null widerständig. Top Noten auf dem Weg zum Medizinstudium, Scheuklappen und durch", lästert Pitt ab, wobei Paul ihn aus großen Augen anschaut.

„Irgendein Tipp, wo wir nach den beiden suchen könnten? Irgendeine Adresse?"

Paul und Pit wechseln Blicke und zucken mit den Schultern.

„Meine Karte, falls Ihr etwas hört", sagt der Kommissar, gibt jedem eine und verabschiedet die zwei Gymnasiasten.

Kapitel 18

Vierte Sitzung der Soko „Liebreiz"

„Bei den Grünen trauert keiner der Liebreiz hinterher", weiß Lukas am frühen Morgen des sechzehnten
März zu berichten.

„Aus Mainz sei Druck aufgebaut worden, nur deshalb habe man sie seinerzeit wohl oder übel als Num-
mer eins auf der Wahlkreisliste positioniert, obwohl ihr
Einsatz für die Partei sowohl zeitlich als auch inhaltlich gegen Null gehe. Irgendein grüner Staatssekretär,
mit dem sie mal was gehabt habe, habe die Finger im
Spiel, wurde mir unter der Hand gesteckt. Mehr war
nicht rauszukriegen."

„Hat die überhaupt irgendjemanden für sich ein-
nehmen können, mal abgesehen von irgendwelchen
Amouren?", wundert sich Beate. „Die Ehe steht nur
noch auf dem Papier. In Beruf und Partei ist sie sozial
und emotional außen vor, falls letzteres für sie überhaupt eine Rolle spielt.

„Da kommen Mareike und Fabian ins Spiel. Ich
vermute, in diesem Dreieck findet sich der Schlüssel,
den wir suchen", meint Jörg.

„Nicht außer Acht lassen sollten wir die eifersüchti-
ge Koblenzer Nachbarin Möbius und den vergrätzten
Ehemann, die am Abend des Todes der Liebreiz nach
Zeugenaussagen im Papageienhaus aufgekreuzt sind.
Nicht auszuschließen, dass die etwas mit dem Chaos in
der Wohnung dort zu tun haben", vermutet Corinna
und informiert die Kollegen über die Beobachtungen

der Nachbarn Landgrebe und Nölling. „Zu gerne wüsste ich, was die in der Wohnung gesucht haben."

„Wir müssen uns also nochmal den Nachtweih, die Möbius und unseren Professor vorknöpfen", erklärt Jörg.

Seine Chefin nickt und übergibt an Beate, die den ominösen Text Fabians verteilt, den dessen Vater ihr hat zukommen lassen.

„Wenn Ihr mich fragt, hat der Fabian sich in seine Lehrerin verknallt und seine Ex ausgebootet", meint Lukas nach der Lektüre.

„Daraufhin hat Mareike einen Rachefeldzug gestartet", setzt Beate den Gedanken fort. „Ich habe mal das Kaléko-Gedicht recherchiert. Da ist mir aufgefallen, dass Fabian die Anrede verändert hat: Statt ‚Du hast mir …' schreibt er ‚Sie hat mir …'. Heißt für mich: Seine angehimmelte Lehrerin, vielleicht Ersatz für die abwesende Mutter, hat die Freundin mit einem Wort erledigt; mit einem Wort, das etwas aufspießt, das ihm bislang schon länger unbewusst an Mareike unangenehm aufgestoßen ist. Eine Haltung, eine Verhaltensweise oder dessen Fehlen, etwas Körperliches vielleicht, was auch immer. ‚Nun geht das kleine Wort mit mir spazieren. Und nagt.'"

„Jetzt küchenpsychologisierst du aber arg", spöttelt Lukas und handelt sich von Jörg einen Klaps auf den Hinterkopf ein.

In den Disput hinein ertönt *Melissa*. Schmidt überfliegt die eingegangene SMS und berichtet: „Beide Schüler nach Autounfall auf der Hohenstocker Höhe im hiesigen Kreiskrankenhaus. Mareike offensichtlich schwerer, Fabian nur leicht verletzt."

Kapitel 19

Zeugenaussage des Revierförsters am Unfallort

„Wissen sie, der *Hohenstocker Kopf* ist seit jeher ein legendenschwangerer Ort für Verliebte."

„Oh, da bin ich aber mal gespannt Herr Leonhard", sagt Wunderlich.

„Könnte sein, dass der Unfall von gestern Nachmittag weiter an der Schraube der Legendenbildung dreht", legt der Revierförster der Verbandsgemeinde Willmerod ahnungsvoll nach.

„Sie machen mir die Nase lang", meint die Kommissarin.

Sie hat neben Leonhard, zu dessen Füßen Dackel Leo kauert, auf der Holzbank Platz genommen. Von hier aus hat man die Jahrhunderte alte mächtige Buche, Wahrzeichen des über die Region hinaus bekannten Vorderhunsrückortes, im Blick.

„Schauen Sie auf die prächtige Krone, Frau Wunderlich", hebt der betagte Förster an und zieht genüsslich an seiner Pfeife. „Leo, guck", ruft er, „unser Turmfalke hat Stellung bezogen!"

Leo spitzt die Ohren und knurrt. Die Buchenkrone mit ihrem Fluggast schaukelt im Wind.

Beate stellt sich auf einen regionalhistorischen Exkurs ein.

„Unter dem Schutzdach des Baums hatte Ende des achtzehnten Jahrhunderts der bekannte

Hunsrückganove Schinderhannes eines seiner Verstecke. 1808 soll Napoleon bei einem Truppenbesuch voller Ehrfurcht zu ihr aufgeschaut haben. Und Mainzer Burschenschaftler hatten sich zur Vorbereitung des Hambacher Festes 1832 klammheimlich hier oben verabredet. Unter dem weiten Schatten der Rotbuche sollen sie einander Treue geschworen und Freiheitslieder geschmettert haben. Ausgerechnet Wilhelm II hat wohl Ende des neunzehnten Jahrhunderts anlässlich eines der jährlich stattfindenden Kaisermanöver bei seinem Ritt über den Hunsrück als Oberster Kriegsherr unter der ehrwürdigen Buche Rast gemacht."

Der Förster schaut den Wölkchen, die aus dem Pfeifenkopf aufsteigen, hinterher.

„Eine bewegte Geschichte", sagt Wunderlich, „für unsere Ermittlungen ist allerdings etwas anderes wichtig, Herr Leonhard."

„Ich weiß", grummelt der, „aber mit dem Wissen um die Geschichte der Buche können Sie die geheimnisvolle Atmosphäre dieses magischen Ortes vielleicht ein wenig besser verstehen."

„Nun, was haben Sie gestern hier beobachtet? Von wo aus, übrigens?"

Leonhard zeigt mit seiner Pfeife zu dem Hochsitz linker Hand, der sich hinter Ästen und Blattwerk versteckt. „Die jungen Leute in dem roten *Golf III* haben sich unbeobachtet gefühlt", erklärt er.

„Die Fahrerin hat wenige Meter vor unserer Bank geparkt und den Motor abgestellt. Einige Minuten haben sie und ihr Begleiter sich angeschwiegen; dann hat sie losgelegt, zunächst ruhig, dann immer aufgewühlter, hatte ich den Eindruck. Er hat meistens nur zugehört. Dann ist er ausgestiegen und hat sich hinter

der Eiche dort ...“ – Leonhard zeigt nach rechts – „ …
erleichtert. Was nun geschah, war merkwürdig.“

Leonhard klopft den Pfeifenkopf an der Kante der
Holzbank aus und sucht den Blick der Kommissarin.
Dann fährt er fort:

„Mit beiden Armen hat er den Stamm umschlungen und sich die Wangen an der Borke gerieben. …
Urplötzlich hat er wie wild gegen den Stamm geschlagen und sich die Haare gerauft.“

„Oha!“, entfährt es Beate Wunderlich.

„Zurück im Auto, das die junge Frau gestartet hat,
gibt sie, ohne dass ein weiteres Wort zwischen den beiden gefallen wäre, unvermittelt Gas, der Motor heult
auf und der *Golf* schießt schnurstracks auf die Buche
zu. Leider war meine Sicht dorthin etwas verdeckt. Ich
hörte es krachen, dann knallte es zweimal.“

„Vermutlich die Airbags“, kommentiert
Wunderlich.

„Ich alarmierte sogleich Rettungsdienst und Ihre
Kollegen und eilte zur Unfallstelle, um erste Hilfe zu
leisten. Ersparen Sie mir Details. Es war grauenhaft.“

Kapitel 20

Zeugenbefragung im Krankenhaus

„Wie geht es Mareike?"

„Sie liegt auf Intensiv. Aber sie wird durchkommen."

„Sie hatte es darauf angelegt", stammelt Fabian, während sein Blick Corinnas Augen über dem Mund-Nasenschutz fixiert.

„Darauf angelegt?", fragt Schmidt.

„Das war kein Unfall. Die wollte uns umbringen."

„Was ist geschehen?"

„Sie wollte eine Aussprache. Ich wollte nicht kneifen. Sie holte mich ab und wir fuhren zum *Hohenstocker Kopf*. Das hätte mich stutzig machen müssen."

„Weil?"

„ ... wir dort einiges gemeinsam erlebt haben. Einmal haben wir unter einer riesigen Buche nachts geschlafen, ohne Zelt, nackt in einem Schlafsack. Das erste Mal, wenn Sie verstehen, was ich meine."

„Romantisch."

„Sie sagen es. ... Ich sei undankbar, sie habe mich schützen wollen. Ich sagte, das könne ich selber."

„Verstehe ich nicht", sagt Corinna Schmidt.

„Sie waren doch bei der Beerdigung dabei", grummelt Fabian, um dann fortzufahren: „Ohne Vorwarnung ist sie auf den Baum losgerast. Im letzten Moment konnte ich ihr ins Steuer greifen, dann ein fürchterlicher Schlag und ... Blackout."

„Mm. ... Mareike konnte nicht akzeptieren, dass Sie mit ihr Schluss gemacht haben, oder?"

Fabian versucht sich im Bett aufzurichten, sackt aber wieder in die Kissen zurück. Sein linkes, bandagiertes Bein liegt in einer Hängevorrichtung. Er verzieht das Gesicht. Er ringt mit sich. Dann stammelt er: „Mareike ist schwanger."

„Oha! Seit wann wissen Sie es?"

„Kurz vor dem Crash."

„Mm.... Hat es einen konkreten Grund gegeben, weshalb Sie sich von ihr getrennt haben, wenn ich fragen darf?"

„Nein, dürfen Sie nicht", erwidert er schroff.

„Frau Doktor Liebreiz?"

„Sie sollten jetzt besser gehen", sagt er, ohne mit der Wimper zu zucken.

„Mareike hat wahnsinniges Glück gehabt", erklärt die Chefärztin der Soko-Chefin an diesem späten Nachmittag des siebzehnten März.

„Wann ist sie vernehmungsfähig?"

„Frühestens in drei Tagen. Wir werden Sie benachrichtigen, Frau Schmidt."

Als sie das Arztzimmer verlässt, begegnet Corinna Mareikes Mutter, die ihr auszuweichen versucht.

„Tut mit leid, Frau Glück."

Sie bleibt stehen und schluchzt: „Ich hätte es kommen sehen müssen."

„Gehen wir kurz in die Cafeteria, Frau Glück. Die ist draußen bei dem herrlichen Wetter geöffnet. Einverstanden?"

Corinna reicht ihr den Cappuccino, rührt in der Tasse und schaut Mareikes Mutter ruhig und geduldig an.

„Ich habe den Liebeskummer meiner Tochter auf die leichte Schulter genommen", bekennt sie. „Sie hat immer weniger gegessen, hat sich im Zimmer verkrochen, die meiste Zeit apathisch herumgesessen."

„Können Sie sich erklären, warum die beiden nicht mehr ..."

„ ... die Hexe ist an allem schuld", wird sie unterbrochen. „Die hat alles kaputt gemacht."

„Wie habe ich das zu verstehen, Frau Glück?"

„Das muss man sich mal vorstellen! Eine verheiratete Frau, Lehrerin und Schulleiterin, doppelt so alt wie ihre Schüler, macht sich den Fabian gefügig."

Erneut beginnt sie zu schluchzen.

„Starker Tobak diese Anschuldigung", meint die Kommissarin.

„Die Spatzen haben es vom Dach des Hunsrück-Gymnasiums gepfiffen, Frau Schmidt!"

„Gibt es dafür irgendwelche Hinweise?"

„Fragen Sie mal im Papageienhaus nach!", zischt die Frau und fährt sich durchs zerzauste Haar.

Fabians Hinweis, dass ihre Tochter schwanger sei, behält Schmidt für sich.

Abrupt steht Glück auf und eilt hinaus. Corinna schießt der Gedanke durch den Kopf, dass die Frau, über alles informiert, zu allem entschlossen ist ... oder war.

Kapitel 21

Erneut im Visier der Fahnder

„Frau Möbius, Sie haben uns einiges verschwiegen."
„So, so."
„An dem Abend, als Frau Doktor Liebreiz zu Tode gekommen ist, waren Sie nachweislich in Simmern im Papageienhaus."
Nur kurz zucken die gestrafften Lider der pensionierten Lehrerin, die der Kommissarin am Morgen des achtzehnten März im Verhörraum der Polizeiinspektion Simmern Rede und Antwort zu stehen hat. Resolut antwortet sie: „Ich wollte sie zur Rede stellen, wollte, dass sie aufhört Götz, äh ich meine, Professor Liebreiz der Lächerlichkeit preiszugeben. Ihr spätpubertäres Verhalten hat sich bis zu uns nach Koblenz herumgesprochen. Das hat der Mann nicht verdient."
„Spätpubertäres Verhalten?"
„Wie würden Sie es nennen, Frau Wunderlich, wenn eine Lehrerin sich mit einem halb so alten Schüler vergnügt?"
„So etwas wird in Ihren Kreisen kolportiert, Frau Möbius? Gibt es dafür irgendein Indiz?"
Die Angesprochene nestelt an dem Seidenschal, der ihren faltigen Schwanenhals nicht ganz verdeckt. ... In das Schweigen hinein zischt sie: „Was glauben Sie, weshalb der junge Mann den Professor aufgesucht hat?"
„Sagen Sie's mir!"

„Der wird ihn angeschrien haben, er habe seine Frau auf dem Gewissen."

„Vermuten Sie? Oder hat Ihnen der Professor das gesagt?"

„Ich muss eine rauchen, Frau Kommissarin", fordert sie und fingert fahrig in ihrer Handtasche herum.

„Absolutes Rauchverbot in den Diensträumen", lehnt Wunderlich ab. Als eine Antwort ausbleibt, fragt sie: „Spätabends gegen zehn Uhr wollten Sie Frau Doktor Liebreiz sprechen? Das müssen Sie mir erklären."

„Kann ich nicht. Es musste einfach sein."

„Und da hat Sie Nachbar Nachtweih zu vorgerückter Stunde nach Simmern kutschiert?"

„So ist es. Wir schätzen uns seit gemeinsamen Schulzeiten im Gymnasium, äh, ich meine, wo er als Hausmeister gearbeitet hat."

„Und, waren Sie erfolgreich?"

„Leider nein. Die Tür blieb verschlossen."

„Kein Wunder, schließlich konnten Sie doch davon ausgehen, dass eine Schulleiterin um diese Zeit bereits schläft. Schließlich hat sie frühmorgens einen anstrengenden Job zu erledigen, oder?"

Möbius starrt ins Leere.

„Stimmt übrigens nicht, dass die Tür verschlossen war."

Möbius schaut die Kommissarin aus großen Augen an und zupft sich am Ohrläppchen.

„Sie war offen, Sie drangen ein, erblickten die Tote und machten sich flugs aus dem Staub. Richtig?"

Die pensionierte Oberstudienrätin schaut auf ihre Schuhspitzen und nickt. …

„Ich vermute, Sie sind auch heute mit Herrn Nachtweih zu uns ins Präsidium gefahren?"

„Sie haben ja auch ihn zum Verhör gebeten", kommt es ihr kleinlaut über die schmalen Lippen.

„Da hatten Sie ja ausreichend Zeit, Ihre Strategien abzustimmen."

„Das haben wir nicht nötig", murmelt sie.

„Eine wichtige Frage habe ich noch, Frau Möbius."

Wunderlich steht auf und geht im Raum hin und her, das Kinn in der rechten Handfläche. Abrupt bleibt sie gegenüber der sichtlich irritierten Ex-Lehrerin stehen, stützt sich auf der Tischplatte ab und beugt sich zu ihr hin: „Weshalb haben Sie uns verschwiegen, dass Doktor Liebreiz' erste Frau Suizid begangen hat."

Die Frage sitzt. Möbius rutscht auf dem Stuhl hin und her. Trotzig entgegnet sie: „Sie haben mich nicht danach gefragt, Frau Kommissarin."

Zur gleichen Zeit wird Liebreiz einem Verhör unterzogen.

„Herr Doktor Liebreiz, wie Sie bereits wissen, haben wir einen Zeugen. Der hat sie im Papageienhaus in Simmern gesehen. An dem Abend, als Ihre Frau zu Tode gekommen ist, haben sie gegen einundzwanzig Uhr nach Zeugenaussage deren Wohnung betreten."

„Was sollte ich denn dort gewollt haben?"

„Sagen Sie es uns. Jemand hat die Wohnung auf den Kopf gestellt."

„So, so."

„Nach Ihnen kreuzte an dem Abend übrigens noch Ihre Nachbarin, Frau Möbius, im Papageienhaus auf."

Ein Grinsen huscht über das Gesicht des Professors. Er sagt aber nichts.

„Warum haben Sie uns verheimlicht, dass Ihre Frau und ihr Schüler Fabian Lochner ein Verhältnis hatten, Herr Liebreiz?"

„Wer behauptet denn solch einen Unfug?", entrüstet er sich.

„Was hat Fabian Ihnen tatsächlich an den Kopf geworfen, als er Sie zu Hause besucht hat, Herr Liebreiz? Und diesmal bitte keine Phantasiegeschichte."

„Wissen Sie was, Kommissar Bachmann? Ich habe die Nase voll. Von nun an nur noch mit meinem Anwalt. Ist das klar?"

Sagt's und verabschiedet sich.

Kapitel 22

Der Gattenmörder

Völlig unerwartet hat man die Soko-*Liebreiz*-Chefin in das Notariat Herrwagen in Simmern geladen. ...

„Frau Doktor Liebreiz hat für den Fall ihres Ablebens ein Dokument bei uns hinterlegt. Exakt vierzehn Tage später sei es der Person, welche die Ermittlungen leitet, auszuhändigen."

Bei diesen Worten überreicht der Notar Corinna Schmidt einen verschlossenen Umschlag.

„Drei Fragen, Herr Doktor Herrwagen."

„Bitte!"

„Hat Frau Liebreiz Ihnen persönlich dieses Dokument übergeben?"

„Das ist rechtlich zwingend notwendig."

„Wann genau fand diese Übergabe statt?"

„Einen Moment", sagt er und blättert in seinen Unterlagen.

„Am ersten August zweitausendachtzehn. Hier der entsprechende Vertrag, den sie mit uns abgeschlossen hat." ...

"In welcher Verfassung war Frau Liebreiz nach Ihrer Erinnerung bei dieser Zusammenkunft?"

„Unaufgeregt, geschäftsmäßig, ja unterkühlt, würde ich sagen."

„Hat sie noch etwas anderes für jemanden bei Ihnen hinterlassen?"

„Sie haben eine feine Nase, Frau Hauptkommissarin. Doch bereits diese Information ist schon eine zu viel, wie Sie sicher wissen." ...

Corinna entnimmt dem notariell versiegelten Dokument einen Brief, adressiert an „Ermittler:in im Todesfall Doktor Judith Liebreiz". Sie öffnet den Brief und entnimmt ihm ein handschriftlich verfasstes Schreiben.

Gattenmörder

Fakten eines angekündigten Todes. Natürlich (!) mein Herzleiden.

Gatte Götz Liebreiz wird davon notabene nichts gewusst haben wollen.

Er ist ein raffinierter Schauspieler. Oft gar, ohne es zu merken, in eigener Sache. Dann glaubt er selber, was er da spielt.

Er wird Ihnen gegenüber angedeutet haben, seine erste Frau sei nach einem Krebsleiden verstorben. Diese Lüge werden Sie aber nicht nachweisen können, denn die Leiche wurde eingeäschert und der Arzt, der den Tod im Hause Liebreiz amtlicherseits bescheinigte, lebt nicht mehr.

Götz überlässt nichts dem Zufall. Und dennoch könnte er einen Fehler gemacht haben. Die Fahnder sollten mal in der Asservatenkammer des LKA recherchieren. Es habe den perfekten Mord gegeben, hat er mir gegenüber nicht nur einmal geprahlt. Seine grenzenlose Selbstverliebtheit hat schon immer ein Publikum gebraucht. In dieser heiklen Angelegenheit schrumpfte es auf meine Person zusammen.

Er wird Ihnen suggerieren, er habe zunehmend unter mir gelitten, unter meiner Kälte, unter meinem fehlenden Liebreiz.

Götz versteht es meisterlich, sich als Opfer zu inszenieren.

Sie werden sich fragen: Was hat die Frau an dem Mann attraktiv gefunden? Geld, Macht, Status. Was hatte mich abgestoßen? Körper, Gesicht, Manieren. Kein Wunder, dass ich von ihm keine Kinder haben wollte.

Womit hatte ich ihn eingefangen? In seiner geschmacksbefreiten Villa werden Sie Edward Hoppers „Girlie Show" sehen. So einfach ist das. Wahrscheinlich fehlt das daneben hängende Gemälde Jean-León Géromes „Die Wahrheit entsteigt dem Brunnen". Ich hatte ihm den Druck zum fünfzigsten Geburtstag geschenkt. Er war not amused.

Er wird behaupten, ich hätte ihn zur Ehe gedrängt. Lächerlich! Sein Besitz- und Klammerbedürfnis ist mir leider nicht früh genug bewusst geworden.

Liebreiz will bewundert werden – typisches Einzelkindsyndrom. Alle müssen sich um sein Ego scharen und ihn ob seiner Vortrefflichkeit bewundern. Deshalb erträgt er übrigens servile Koblenzer Nachbarn, insbesondere die ihn daueranhimmelnde Hexe Möbius. Als sie noch knackig war, hat er sie ein paar Mal gevögelt. Dann abgelegt.

Götz wird Ihnen weismachen wollen, ich erlaubte mir, Schüler gefügig zu machen. Typische Übersprungshandlung eines Machos, der jedem studentischen Rock hinterhersteigt.

Wenn sie die Entwicklung unseres unseligen Verhältnisses verstehen wollen, sollten Sie sich in das Gemälde Franz von Stucks Judith und Holofernes *vertiefen;*

nicht in Caravaggios, auch nicht in Artemisia Gentile-
schis künstlerische Bearbeitungen des apokryphen Buchs
Judith, schon gar nicht in Gabriele Münters Skizze; als
Vergleichsbilder könnten sie indes hilfreich sein.

Von den sieben Todsünden habe ich zumindest eine:
Zorn. Zudem eine achte: Ich gebe vor, jemand zu sein,
der ich nicht bin. Wenn Sie wollen, nennen Sie es Unauf-
richtigkeit oder wie auch immer.

Judith Liebreiz
Simmern, im Juli 2018

PS: Bevor ich mich aus dieser Welt verabschiede, wer-
den sich vermutlich Personen, die Sie im Visier Ihrer
Ermittlungen haben, in meiner Umgebung ein Stelldich-
ein gegeben haben. Unter anderem werden sie fieberhaft
dieses Schreiben suchen.

Meine nicht unerheblichen materiellen Hinterlassen-
schaften wird Notar Doktor Herrwagen veräußern und
zusammen mit Geldvermögen dem Hospiz des Kranken-
hauses in Simmern übereignen.

Sollte ich eines nicht natürlichen Todes sterben, Ach-
tung: Man wird den Ermittlern ein falsches Motiv auf-
zwingen. Ich war es nicht. Halten Sie sich an meine
Leiche.

Kapitel 23

Fünfte Sitzung der Soko *Liebreiz*

Die Sokochefin eröffnet die fünfte Sitzung der Soko am frühen Morgen des zweiundzwanzigsten März mit dem Bericht der Spusi vom Unfallort.

„Es gab tatsächlich keine Bremsspuren. Der *Golf* donnerte ungebremst gegen den Baum. Das deckt sich mit der Beobachtung des zuständigen Revierförsters, den Beate befragt hat."

„Die KTU hat den Unfallwagen untersucht. Der wurde vor zwei Wochen erst TÜV-geprüft. Bremsanlagen und so weiter einwandfrei", informiert Lukas.

„Das alles lässt Fabians Anschuldigung glaubwürdig erscheinen", räsoniert die Soko-Chefin und informiert die Kollegen. „Deshalb wird die Staatsanwaltschaft gegen Mareike Glück ermitteln müssen."

„Unfassbar, welche Kettenreaktionen das egoistische Verhalten dieser Frau Doktor Liebreiz zur Folge hat", sagt Wunderlich und zwirbelt ihre blondierte Haarsträhne.

„Keine Vorverurteilungen, Beate; noch haben wir keine Beweise für die Behauptung, sie habe mit dem Schüler Lochner ein Verhältnis gehabt, allenfalls Hinweise."

„Verlassen wir mal die Moralschiene", raunt Bachmann. „Fabian ist volljährig. Inwiefern ein schulisches Abhängigkeitsverhältnis, das pikanterweise dem Geschlechterklischee widerspricht, dienstrechtliche Konsequenzen hätte, können wir kaum einschätzen."

„Ist auch nicht unser Thema", beendet die Soko-Chefin diese Diskussion, um die Kollegen dann mit dem Schreiben von Frau Doktor Liebreitz zu überraschen, das sie ihnen in Kopie an die Hand gibt. Dazu ein Abzug des Gemäldes von Franz von Stuck (1926).

...

„Ich habe mich mit der Geschichte des Bildmotivs ‚Judith und Holofernes' beschäftigt. Ein Interpretationsstrang geht davon aus, dass Holofernes Judith vergewaltigt hatte; sie ist dabei, Selbstjustiz zu üben."

„Eine potentielle Mörderin also", sagt Beate und blickt von dem Gemälde Franz von Stucks auf, „schließlich hat das Schwert sein Ziel, den Hals des Vergewaltigers, ja noch nicht getroffen, trifft ihn vielleicht gar nicht."

„Gut beobachtet, Beate", lobt Schmidt, „im Unterschied zu den Jahrhunderte älteren Darstellungen, die Judith Liebreiz erwähnt. Warum verweist sie uns Ermittler gerade auf von Stucks Variante?"

„Weil wir den Schwertstreich exekutieren sollen", mutmaßt Jörg. „So viel zur Absicht der Verfasserin Liebreiz."

„Der Ehemann ein Holofernes, oder?", fragt Lukas.

„Sehe ich auch so", meint Corinna, „darauf läuft der gesamte Brief hinaus. Sie klagt ihn, Professor Liebreiz, als Doppelmörder und Vergewaltiger in der Ehe an. Und auch sonst lässt sie kein gutes Haar an ihm."

„Einspruch", mault Lukas und schaut auf das Gemälde. „Ich sehe eine junge, hocherotische Frau, die in selbstbewusster Pose mit erhobener Waffe siegessicher auf ihr schlafendes Opfer hinabschaut. Das ist eine laszive femme fatale, bereit einen heimtückischen

Mord zu begehen, aber erst nach dem Geschlechtsakt – warum wäre sie sonst nackt?"

„Sehe ich komplett anders", kontert Beate. „Der Kerl ist nach erzwungenem Sex eingepennt und die Rächerin steht bereit."

Bachmann fährt sich mit der Hand über die Glatze, dann kratzt er sich am Hinterkopf.

„Wie dem auch sei, die Behauptung, Liebreiz habe seine Erstgattin um die Ecke gebracht, ist der Hammer. Beweisführung unmöglich", wechsel Lukas das Thema.

„Ich habe mal die Dinge rund um deren Todeszeitpunkt unter die Lupe genommen", raunt seine Chefin und blickt in die Runde: „Hochinteressant!"

Die Aufmerksamkeit des Teams ist ihr im selben Moment gewiss.

„Spann uns nicht auf die Folter!", drängt Jörg, der sich an die Gerüchte erinnert, die die mollige Rose Nachtweih angedeutet hatte.

„Es gab … einen Anfangsverdacht, dass sie weder suizidal noch krankheitsbedingt aus dem Leben schied. Die Ermittlungen wurden aber überraschend schnell eingestellt, nicht zuletzt aufgrund der Intervention eines Spitzenbeamten im LKA. Der, und jetzt wird es besonders spannend, einige Jahre später wegen rechtsradikaler Äußerungen als Beobachtungsfall ins Visier des Verfassungsschutzes geriet. Vor zwei Jahren ist der Mann verstorben, eines natürlichen Todes übrigens, Herzinfarkt."

„Wow, da machst du aber gerade ein Riesenfass auf", staunt Lukas.

„Ach, eines habe ich vergessen zu erwähnen. Ich habe mich natürlich gefragt, welche Verbindung es zwischen Liebreiz und dem LKA-Beamten gab. Nun, unser Professor hat einige Semester an der Polizeifachhochschule *Hahn* unterrichtet. Und da haben die beiden Herrn sich kennen- und offensichtlich auch schätzen gelernt."

„Was bedeutet das alles für unsere Ermittlungen, Corinna?", will Jörg wissen und schiebt nach: „Cold Case-Ermittlungen, na ja."

„Ich habe mir einen Termin in der Asservatenkammer des LKA geben lassen. Mal sehen, was sich da findet. Mord verjährt nicht, DNA ebenso wenig."

„Hat unser Professor sich deshalb vielleicht so vehement gewehrt, seine Fingerabdrücke abzugeben?"

„Nicht auszuschließen, Jörg", meint Corinna.

„Was soll der Hinweis auf das Gemälde *Die Wahrheit entsteigt dem Brunnen*?, bringt Lukas einen anderen Aspekt ins Spiel.

„Auch das Bild habe ich euch kopiert", sagt Corinna und verteilt die Blätter. …

„Hintergrund ist eine Legende, derzufolge die Lüge die Wahrheit veranlasst, gemeinsam im Brunnen zu baden. Unvermittelt verlässt die Lüge das Nass, zieht die Kleider der Wahrheit an und verschwindet. Die wütende Wahrheit entsteigt dem Brunnen und rennt überall hin auf der Suche nach ihrer Kleidung. Die Menschen, die sie nackt sehen, wenden sich mit Verachtung von ihr ab. Die bedauernswerte Wahrheit kehrt zum Brunnen zurück und taucht für immer in ihn unter, um ihre Scham zu verstecken. Seither ist die Lüge überall unterwegs, verkleidet als Wahrheit, um die Bedürfnisse der Gesellschaft zu befriedigen. Die nackte Wahrheit mag schließlich keiner sehen."

Jean Léon Gerome: La Vérité sortant du puits (1896)

„Der weit geöffnete Mund der nackten Schönheit lockt den Betrachter aber durchaus an."

„Nicht den Betrachter, Jörg", fährt seine Lebensgefährtin ihm in die Parade, „den notgeilen allenfalls."

„Wie dem auch sei", meint Lukas, „der selbstironische Hinweis der Liebreiz auf ihre Unaufrichtigkeit bekommt so eine pikante Note."

„Interessant, so habe ich das noch gar nicht gesehen", kommentiert Corinna. Ein versteckter Hinweis auf ihre Amouren vielleicht?"

Jörg hat noch ein Ass im Ärmel. Er öffnet die Bilddatei seines Smartphones und zeigt Félix Vallottons Gemälde *Le Mensonge* her.

„Der einzige Wandschmuck in Liebreiz' Appartement", erklärt er.

„Judith, die Lügnerin", meint Lukas.

„Oder der ergraute Ehemann", meint Corinna. „Vielleicht auch beide, jeder für sich und jeder dem andern gegenüber. Sie und er haben einander hinters Licht geführt. Die Rosen auf dem Tisch in der rechten Bildhälfte gaukeln Harmonie vor. Das Ganze sieht aus, als finde es auf einer Bühne vor einem gelb-rosa gestreiften Vorhang statt."

„Interpretation von Kunstwerken als kriminaltechnische Fingerübung, das hat was, oder?" Jörg schaut in die Runde, um hinzuzufügen: „Das sollte Pflichtbaustein der Polizeiausbildung werden."

„Ich komme nochmal zurück auf die Notizen der toten Liebreiz junior, wenn ich das mal so flapsig sagen darf", wechselt Beate abrupt das Gesprächsthema. „Sie hat Ihren Gatten absolut durchschaut, seine Reaktionen uns gegenüber hellsichtig vorausgesagt.

Das verleiht ihrer Anklageschrift eine gewisse Glaubwürdigkeit. Ebenso ihre unverblümte Art, die eigenen Schwächen zu benennen. Das kann man nicht von der Hand weisen."

„Könntest du auch, was mich anbelangt, Beate", frotzelt Jörg.

„Danke für die Blumen. Gott sei Dank lebe ich noch."

„Bringt uns der Brief in unseren Ermittlungen wirklich weiter?", fragt die Soko-Chefin?

„Mm. Wir können manches besser einschätzen, etwa die Möbius oder die Verwüstungen in der Wohnung Liebreiz im Papageienhaus, aber sonst?", räsoniert Beate.

„Ich frage mich, was neben diesem Schreiben für Eindringlinge noch wichtig gewesen sein könnte. Die Briefschreiberin deutet so etwas ja an", murmelt Lukas, „wahrscheinlich irgendetwas in Sachen Vermögenswerte oder etwas politisch Brisantes."

„Nochmal zurück zu meiner Frage: Gibt es einen Hinweis auf die Umstände des Ablebens der Frau? Sie verweist ja selbst auf ihr Herzleiden und gibt uns, nebenbei bemerkt, zu verstehen, dass ihr Mann, anders als er behauptet, durchaus davon wisse. Ist mir, ist uns in der Hinsicht irgendetwas entgangen?"

„Ich wiederhole, was ich vor Tagen bereits gesagt habe", sagt Lukas. „Hätten wir es nicht mit dieser Promi-Toten zu tun, hätten wir unsere Ermittlungen mangels begründeten Tatverdachts längst eingestellt. Oder ist mir da irgendetwas entgangen?"

„Können wir nicht, Lukas, das öffentliche und somit auch das politische Interesse an unseren Ermittlungen ist nach wie vor groß", belehrt ihn seine Chefin.

„Staatsanwalt Lindgrün hat erneut Zwischenergebnisse angemahnt."

„Wetten, dass Löwenbrück dahinter steckt, Corinna!", grantelt Bachmann.

Sie zuckt die Achseln.

„Warum können die nicht einfach zur Kenntnis nehmen, dass Frau Doktor Liebreiz an Herzversagen verstorben ist?", wundert sich Beate.

„Vielleicht wegen des Chaos in ihrer Wohnung", sagt Corinna, „ich habe aber das dumpfe Gefühl, dass da etwas ganz anderes im Busch ist. Wir sollten uns auf die eine oder andere Überraschung gefasst machen."

Kapitel 24

Überraschung am Flughafen

„Ihr werdet nicht glauben, wen ich heute Morgen am Flughafen Frankfurt in der Warteschlange vor dem Schalter der *SWISS* angetroffen habe", kündigt Kommissar Castor zu Beginn der sechsten Sitzung der Soko *Liebreiz* am Nachmittag des dreiundzwanzigsten März wichtigtuerisch an.

„Flughafen Frankfurt?", wundert sich Beate,

„Na ja, ich hab meine Tante dort abgeliefert. Rückflug ins gelobte Zürich. Bin froh, dass sie die Fliege gemacht hat", grummelt er. „Also, rück raus mit deiner weltbewegenden Neuigkeit", grantelt Jörg.

„Professor Liebreiz und die Möbius. Dank deiner Beschreibung und Fotos habe ich sie erkannt, Beate", sagt er.

„Wow, in der Tat, das ist 'ne Überraschung", sagt seine Chefin.

„Ich habe mich mit meiner Tante in ihre Nähe gedrängelt. Zusammen mit den Persos haben sie am Schalter die geforderten Bescheinigungen negativer Coronatests vorgelegt.

,Mutig, in Corona-Zeiten nach Zürich zu fliegen', meinte die Hostess.

,Kein Problem, wir sind beide bereits geimpft', tönte die Möbius und Liebreiz ergänzte ungefragt: ,Skiurlaub muss zur Abwechslung mal sein'. Ich hab mal auf seiner Uni-Homepage nachgeschaut. Momentan hat er ein Forschungsfreisemester. Sein aktuelles Forschungsthema: ‚Die Pharmakologisierung unserer auseinanderfallenden Klassengesellschaft.'Was immer das heißen mag. Was gibt es auf Schweizer Skipisten unter der Corona-Glocke soziologisch zu erforschen? Die auseinanderfallende Klassengesellschaft wird er auf den Pisten wohl kaum antreffen, oder?"

Lukas blickt in die Runde, in grinsende Kollegengesichter.

„Na ja, die Hostess wünschte routiniert einen schönen Urlaub. Ein leichtes Zittern ihrer Nasenflügel hat mir aber gezeigt, was sie von dem Vorhaben der beiden hielt."

„Genau das habe ich befürchtet", wettert Bachmann. „Da erschleichen sich ältere Wohlstandbürger den Freifahrtschein auf Kosten anderer, um ihrem Vergnügen nachzugehen. Ich könnt kotzen! Ethisch qualifizierte Impfpriorisierung, dass ich nicht lache!"

„Ich kann deine Wut verstehen", sagt Corinna, „nur solltest du vorsichtig mit Verallgemeinerungen sein."

„Die unseren Laden am Laufen halten, denen sollte man nach den Leuten in Alten- und Pflegeheimen und Krankenhäusern zuerst ein Impfangebot machen", lässt Jörg nicht locker. „Die rüstigen Pensionäre können warten mit ihren Kreuzfahrtschiffsreisen und ähnlichem Unsinn."

„Ich habe übrigens die Sache mit der Impfung bereits recherchiert", informiert Lukas. „Die Impfungen wurden in Folge eines zufälligen Auswahlverfahrens aus Restbeständen einer Impfung in einem Alten- und Pflegeheim der Stadt durchgeführt. Eine eigenwillige kommunale Vorgehensweise liegt dem zugrunde, die weder mit dem Bundesland abgesprochen war noch die bundesweite Impfreihenfolge beachtete. Unappetitlich, keine Frage, aber nicht unser Thema, denke ich."

„Zurück zu unserem Urlaubstraumpaar Liebreiz und Möbius", mahnt Schmidt an.

„Hat denen der Tod von Judith Liebreiz in die Karten gespielt oder haben sie diese Karte gespielt? Die Frage stellt sich doch nun, oder?"

„So ist es, Lukas", bestätigt Beate und bringt das Gedicht der Möbius in Erinnerung. … „Die ist nach wie vor vernarrt in den Professor und der hat wohl, aus welchen Gründen auch immer, seine Karten neu gemischt, vermute ich."

„Verlässlicher Alterssex statt nervenaufreibender Jugenderotik", meinst du?", foppt Jörg seine Partnerin, die ihn in die Seite knufft.

„Ü-sechzig-Motive solcher Art erschließen sich mir noch nicht", winkt die ab.

„Vielleicht stecken in der Kiste ganz andere Überraschungen", orakelt Lukas. „Jedenfalls kamen mir die beiden am Flughafenschalter eher wie Geschäftsleute vor."

„Nach Impfspritzen nun Schweizer Geldspritzen und Züricher Spitzen?"

„Ernsthaft", fährt Corinna dazwischen, „der Urlaubstrip kurz nach der Beerdigung wirft ein zweifelhaftes Licht auf die Tatsache, dass beide, wenngleich anscheinend unabhängig von- und nacheinander am Abend vor dem Tod von Frau Liebreiz im Papageienhaus aufkreuzten."

„Vielleicht gibt es einen Zusammenhang zwischen dem, was man beim Durchwühlen der Wohnung gesucht und gefunden hat und dem Trip in die Schweiz."

Kapitel 25

Sechste Sitzung der Soko *Liebreiz*

„Rekonstruieren wir den Abend vor dem Tod von Judith Liebreiz. Soweit wir das aufgrund der Indizien können. Am Sonntag, den achtundzwanzigsten Februar taucht Fabian Lochner gegen achtzehn Uhr dreißig bei seiner Lehrerin auf."

In medias res steigt die Chefin in die sechste Sitzung der Soko *Liebreiz* am frühen Morgen des vierundzwanzigsten März ein.

„Er ist scharf auf sie. Judith Liebreiz, sexuell zur Zeit unterernährt, hat ihn wochenlang erotisch erfolgreich angespitzt. Die im Bett erfahrene, attraktive Frau in den besten Jahren ..." – bei diesen Worten blickt Jörg augenzwinkernd Richtung Beate, seiner Lebensgefährtin, die sogleich errötet – „ ... verfügt über eine Repertoire an Verführungskünsten, von denen eine naive Achtzehnjährige keinen blassen Schimmer hat."

Schmidt räuspert sich und fährt fort: „Die, also Mareike ist ihrem abtrünnigen Freund mit dem Auto gefolgt und wartet ab. Als Fabian gegen zweiundzwanzig Uhr das Liebesnest im Papageienhaus verlässt, erstürmt sie es wutentbrannt und macht ihrer Lehrerin eine Szene."

„Sehr spekulativ, Corinna", mäkelt Beate und zwirbelt ihre blondierte Haarsträhne.

„Keineswegs", sagt ihre Chefin, „Mareike ist schwanger."

„Woher weißt du das?"

„Hat Fabian mir im Krankenhaus gebeichtet. Er bat mich, das für mich zu behalten. Na ja. Es geht also um mehr als um bloße Eifersucht. Ob sie das ihrer Konkurrentin und Lehrerin gesteckt hat, das weiß ich nicht. ... Liebreiz jedenfalls will sie kurzerhand hinauskomplimentieren, die Situation eskaliert, es kommt zu einem Handgemenge, mit den bekannten Folgen."

„Stop!", unterbricht Beate erneut ihre Chefin. „Ich muss Öl ins Feuer gießen, Corinna."

„Nur zu."

„Wer sagt uns, dass Mareike bei Liebreiz aufgekreuzt ist?"

„Wer denn sonst?"

„Ihre Mutter. Die sieht aus wie die etwas ältere Schwester Mareikes."

Schmidt holt tief Luft und räumt ein: „Nicht auszuschließen, Beate."

Sie schlägt sich mit der Hand gegen die Stirn und sagt: „Die Nachbarin Landgrebe, der ich ein Foto der Tochter gezeigt habe, meinte zwar, die junge Frau sei am Tag zuvor bereits bei Liebreiz gewesen und es sei zu einem Streit gekommen, aber ganz sicher war sie nicht, dass wirklich Mareike an ihrem Spion vorbeigehuscht sei. Könnte durchaus sein, dass Frau Glück auch am Sonntagabend, nachdem Fabian die Platte geputzt hat, erneut ‚die Hexe‘ aufsuchte. So hat Glück die Liebreiz hasserfüllt im Krankenhaus betitelt."

„Oder einen Tag nach ihrer Tochter", gibt Beate zu bedenken.

„So könnte es gewesen sein", murmelt Lukas. „Gegen einundzwanzig Uhr kreuzt dann der Ehemann auf, um seiner Frau einen unangekündigten Besuch abzustatten, warum auch immer. Er klingelt und als sich nichts rührt, bedient er sich seines Schlüssels. Als er die Leiche entdeckt, handelt er schnell und entschlossen, bevor andere, zum Beispiel wir, sein geheimes Versteck entdecken."

„Eine Stunde später klopft Möbius an die Tür, die Liebreiz in der Hektik versehentlich nicht richtig zugezogen hat", reiht Corinna die nächste Perle auf die mögliche Ereigniskette. „Die KTU hat festgestellt, dass der Schließmechanismus der Außentür einen Defekt hat. Nun, der Schreck fährt der Möbius in die Glieder, als sie die Tote sieht; überstürzt macht sie sich aus dem Staub, was sie ja auch zugegeben hat. Kaum ist sie weg, schleicht sich Nölling in die Wohnung und richtet in der Erwartung, etwas abstauben zu können, Chaos an."

„Man hat sich die Klinke sozusagen in die Hand gegeben", resümiert Jörg.

„Was Judith Liebreiz vorausgesehen hat", erinnert Beate, „die vielen Fingerabdrücke, die von der KTU gesichert wurden, sprechen Bände."

Ihr Partner ignoriert den Hinweis und fragt: „Was hast du mit dem geheimen Versteck des Professors gemeint, Lukas?"

„Erinnere dich an deinen eigenen Gedanken, Jörg. Als ich von dem Urlaubstrip in die Schweiz berichtet habe, da hast du eine Vermutung geäußert: Vielleicht gebe es einen Zusammenhang zwischen dem, was man beim Durchwühlen der Wohnung suchte, und dem Flug in die Schweiz."

„Okay."

„Professor Liebreiz weiß, wo sich der USB-Stick mit dem wertvollen privaten Schlüssel zu seiner digitalen

Geldbörse befindet. Anfang zweitausendneun hat er eine beträchtliche Summe Schwarzgeld in der damals taufrischen Kryptowährung Bitcoin angelegt, Erbe seines Vaters, eines windigen Immobilientycoons, das auf einem Luxemburger Nummernkonto schlummerte. Seither hat sich die spekulative Investition vertausendfacht. Der üppige Millionenbetrag würde sich ohne den Stick mit dem Schlüssel zu seiner persönlichen digitalen Brieftasche in Luft auflösen. Im Besitz dieses Schatzes, gilt es indes, den Erlös auf einem Züricher Konto einzuzahlen. Dass Marion Möbius ihn nach Zürich begleitet, hat auch damit zu tun."

„Hochinteressant, Lukas, aber komm endlich zur Sache", drängt Bachmann. „Was hat das mit der Wohnung seiner Frau zu tun?"

Castor sucht den Blick der Chefin. Die erläutert, was die Kollegen des LKA und der Steuerfahndung ermittelt haben:

„Nun, die Wohnung im Papageienhaus hat er gekauft, als Judith Liebreiz in Simmern Schulleiterin wurde. Allerdings auf seinen Namen. Auch diesen Kauf hat er in Teilen vermutlich unter der Hand mit Schwarzgeld finanziert; Inneneinrichtung und so weiter. Ist aber kaum nachweisbar. Zusammen mit dem Stick versorgte er die notariellen Unterlagen in einem Schließfach, das er vor Judiths Bezug des Appartements an einem geheimen Ort in der Wohnung einbauen ließ. Bis dato gab seine Frau ihm zwar kaum Anlass, an ihr zu zweifeln, doch die Grundskepsis Menschen gegenüber hat es ihm angeraten erscheinen lassen, die Sache für sich zu behalten.

Über der Koblenzer Villa schwebt nach seiner Einschätzung stets das Damoklesschwert der

Steuerfahndung, übrigens zu Recht, wie wir mittlerweile wissen."

„Jetzt geht mir ein Licht auf", räumt Bachmann ein. „In unserer ersten Sitzung hatte ich angedeutet, Professor Liebreiz habe vorgesorgt."

„Stimmt", erinnert sich Lukas.

„Das hatte mir ein Kollege gesteckt, der vor Jahren mit mir die Schulbank auf der Polizeihochschule *Hahn* gedrückt hat."

„Ich frage mich nun allen Ernstes: Was bringen uns diese Erkenntnisse, um den Auftrag der Soko *Liebreiz* zum Ende zu bringen?", denkt die Chefin laut nach.

„Es ist nicht unser Job, das Ermittlungsergebnis medial und politisch zu verkaufen, Corinna", entgegnet Jörg. Beate und Lukas nicken.

„Darf ich euch an Judith Liebreiz' ominösen Ratschlag erinnern", mahnt Corinna: *Sollte ich eines nicht natürlichen Todes sterben, Achtung! Man wird den Ermittlern ein falsches Motiv aufzwingen. Ich war es nicht. Halten Sie sich an meine Leiche.*"

„Okay, nehmen wir diese Aussagen tatsächlich mal ernst, trotz ihres Eingeständnisses, grundsätzlich unaufrichtig zu sein. Dann haben wir einige Fragen vor der Brust", sagt Jörg: „Wer ist *man*? Warum so vage? Meint sie eine Tatperson oder jemand anderes? Will sie uns damit irritieren oder uns gar selber auf eine falsche Fährte locken? Welche Botschaft vermittelt Judith Liebreiz' Leiche, die uns anscheinend bislang verborgen geblieben ist? Urnenbestattung. Wir müssen uns also auf die dokumentierte Analyse der Gerichtsmediziner verlassen."

„Selbstmord schließt die Frau jedenfalls explizit aus: ‚Ich war es nicht.‘, sagt sie", ergänzt Beate. „Hatten wir auch nie auf dem Schirm."

„Vorhang zu und alle Fragen offen", raunt Corinna und blickt in irritierte Gesichter. „Vergesst es, das verkürzte Zitat Bert Brechts kursierte vor eurer Zeit. Es trifft dennoch unser aktuelles Ermittlungsdilemma."

„Wir sollten nochmals Kontakt mit der Uni-Pathologie in Mainz aufnehmen. Vielleicht haben die etwas übersehen oder uns etwas nicht mitgeteilt, in der Annahme, es sei nicht wichtig."

„Ein Strohhalm, Jörg, aber immerhin ein Vorschlag, was wir tun können", sagt seine Chefin. „Ich werde nachhaken."

„Das mit dem falschen Motiv lässt mir keine Ruhe", sagt Lukas und blickt von seinem Smartphone auf. „Im Netz wird lanciert, die grüne Schulleiterin Liebreiz sei Opfer eines beinharten parteiinternen Machtkampfs geworden. Da seien die Fetzen geflogen. Man könne nicht ausschließen, dass ihr Tod von langer Hand vorbereitet worden sei."

„Und den Mist glaubst du?"

„Man muss zwar vorsichtig sein, was in den asozialen Medien anonym so alles ungeschützt behauptet wird, Jörg, aber ganz von der Hand weisen lässt sich das nun mal nicht, oder?"

„Warum kommst du erst jetzt damit um die Ecke?", blafft Bachmann ihn an.

„Weil ich gerade erst von einem Freund davon erfahren habe."

„Widerlich, den Tod eines Menschen als Spielball parteipolitischer Machenschaften zu missbrauchen", mosert Beate Wunderlich. „Würde mich nicht wundern, wenn die Rechten da ihre Finger im Spiel hätten."

„Vielleicht hat die Liebreiz genau so etwas befürchtet", mutmaßt Lukas.

„Wem könnte die unerhörte Begebenheit ganz und gar nicht in den Kram passen?", fragt Corinna in die Runde. „Damit meine ich einen privaten Beziehungskonflikt, der tödlich endete, was indes eher zufällig als absichtlich geschah."

„Vor allem, wenn man die skandalöse Beziehung der Schulleiterin zu einem ihrer Schüler mitbedenkt, Corinna. Da nimmt sich eine femme fatale einen jungen Kerl als Lustobjekt ins Bett. Dass sie vor ihrem Ableben Sex hatte, steht ja nach gerichtsmedizinischer Untersuchung fest. Ich wette, Fabians DNA wird mit den gesicherten Spermaspuren übereinstimmen. Wer sollte es sonst gewesen sein?"

„Unerhört eben."

„Das könnte die entscheidende Frage sein, Beate", unterstützt Bachmann die Vermutung der Kolleginnen.

„Die Worte der Obergrünen bei der Beerdigung habe ich noch im Ohr", erinnert sich Lukas. „Man sei stolz auf Doktor Judith Liebreiz, die grüne Vorzeigefrau im schulischen Kosmos. So oder so ähnlich klang das."

„So wird ein Schuh daraus", räsoniert Corinna Schmidt. Einen weiteren Imageschaden kurz vor wichtigen Wahlen kann sich die Partei nun wirklich nicht leisten."

„Eine verzwickte Situation für die Grünen, keine Frage", meint Jörg. „Die schlichte Tatsache, dass ihre Frontfrau einem Herzversagen erlag, ist nach allem Hin und Her medial kaum noch als glaubwürdig zu verkaufen. Schließlich funktioniert Politik weniger über Fakten als über deren Interpretationen. Und Herzversagen eröffnet spekulativen Interpretationen Tür und Tor."

„Die unerhörte Beziehungskiste". nimmt Beate den Gedankenfaden ihres Freundes auf, „würde der Partei ungeheuer schaden, der Machtkampf im Hintergrund ohnehin."

„Wohl wahr, aber nicht unser Problem ... oder unsere Herausforderung, wie man heute schwurbelt."

Kapitel 26

Glücks Geständnis

Die vorgeladene Ellen Glück kreuzt am Donnerstag, den fünfundzwanzigsten März um zehn Uhr überraschenderweise in Begleitung des Anwalts Kafra, vor Ort bestens bekannt, in der Polizeiinspektion Simmern auf, um eine Zeugenaussage zu Protokoll zu geben. ...

„Ich hatte mir vorgenommen, der Dame den Kopf zu waschen, und parkte kurz vor zwanzig Uhr vor dem Papageienhaus. Im selben Moment trat Fabian Lochner heraus und schwang sich auf sein Fahrrad. Ich klingelte, die Tür ging auf, ich stieg die Treppe hinauf und Frau Liebreiz stand in der Wohnungstür. Was es denn zu dieser Zeit Dringendes zu besprechen gäbe, fragte sie mit einem unverschämten Grinsen im Gesicht. Ich versuchte, ruhig zu bleiben, und antwortete, ich machte mir Sorgen um meine Tochter und Fabian. ‚Na dann kommen sie mal rein‘, sagte sie herablassend."

„Frau Glück hat mich gebeten, Ihnen das nun folgende Geschehen in Kurzfassung darzulegen, Frau Hauptkommissarin", schaltet sich Kafra ein und nickt der Mandantin beruhigend zu, die gesenkten Kopfes da sitzt und die Hände knetet. „Das Ganze hat sie emotional sehr mitgenommen."

Corinna Schmidt fordert den Anwalt mit einer Handbewegung auf, fortzufahren.

„Nun, Frau Glück fragte, ob Doktor Liebreiz wisse, dass ihre Schülerin Mareike von Fabian ein Kind erwarte, was verneint wurde. Sie bat die Lehrerin,

Fabian, der ja gerade bei ihr gewesen sei, in Ruhe zu lassen, um den beiden jungen Menschen die Chance zu geben, die schwierige Situation untereinander zu klären. Was sie sich einbilde, ihr zu unterstellen, sie habe ein Verhältnis zu Fabian Lochner, erwiderte Liebreiz und erklärte das Gespräch für beendet. Frau Glück wollte sich nicht so ohne weiteres abfertigen lassen und erklärte, beweisen zu können, dass tatsächlich ein Verhältnis zwischen Schulleiterin und Schüler bestehe. Daraufhin sei Frau Liebreiz handgreiflich geworden und habe sie aus der Wohnung drängen wollen. Es sei zu einem Handgemenge gekommen, bei dem sie, Frau Glück, Liebreiz weggeschubst habe. Die sei ausgerutscht, habe das Gleichgewicht verloren und sei mit dem Kopf unglücklich gegen die Kante des Glastischs geschlagen. Als meiner Mandantin klar wurde, dass Frau Doktor Liebreiz tot war, als ehemalige Krankenschwester habe sie das beurteilen können, habe sie Hals über Kopf den tragischen Unfallort verlassen. Diesen Fehler bereue sie zutiefst."

„Mm. ... Eine strafrechtliche Beurteilung des Falles steht mir nicht zu, Frau Glück."

Die Frau schaut die Kommissarin aus großen Augen an, dann senkt sich ihr Blick wieder. Mitgefühl erfasst Corinna. Auch weil dunkle Erinnerungen an eine gewisse Fiona von Ardenne in ihr aufsteigen, die vor Jahren einen Keil zwischen sie und Johannes getrieben hatte. Dennoch sagt sie: „Ich frage mich: Warum erklären Sie sich erst jetzt? In der Krankenhaus-Cafeteria nicht ein Hinweis von Ihnen, Frau Glück."

Mareikes Mutter zuckt mit den Achseln.

„Muss das sein, Frau Schmidt?", bittet Anwalt Kafra um Nachsicht.

Als die Soko-Chefin die Kollegen wenig später über die Zeugenaussage Ellen Glücks informiert, geht eine Nachricht der Mainzer Pathologie ein, derzufolge man am Brustkorb der Leiche Judith Liebreiz' ein gering ausgeprägtes Hämatom festgestellt hatte, das, weil unspezifisch und kausal nicht eindeutig einschätzbar, im gerichtsmedizinischen Gutachten nicht explizit aufgeführt worden sei.

Kapitel 27

Unangenehme Überraschung im Flughafen

Flug 222 aus Zürich mit zehnminütiger Verspätung um elf Uhr vierzig gelandet, lautet die Durchsage in Terminal I des Airports Frankfurt Main am sechsundzwanzigsten März.

Die Kommissare Schmidt und Bachmann erwarten Professor Liebreiz und Marion Möbius. Als Erste passieren die beiden maskenbewehrt mit ihren Rollkoffern die Schranke und machen große Augen beim Anblick der beiden Ermittler.

„Mit Ihnen hätte ich nicht gerechnet", sagt Liebreiz zu den ebenfalls Gesichtsmasken tragenden Kommissaren.

„Auch wir sind für Überraschungen gut", grummelt Bachmann. „Wir sind angerückt mit einer guten und einer schlechten Nachricht. Welche zue ...?"

Ein schriller Pfeifton zerfetzt die Frage. Unklar, wer ihn abgesetzt hat.

Liebreiz zuckt die Achseln, Möbius steht verloren neben ihm.

„Stimmungserhellend zuerst die gute", sagt Schmidt, „der Tod Ihrer Frau Judith wurde abschließend aufgeklärt. Herzversagen im Kontext unglücklicher Begleitumstände."

„Sie empfangen mich hier nicht, um mir das mitzuteilen", kommentiert Liebreiz nüchtern.

„Nun also die schlechte, die für Sie schlechte Nachricht, meine ich", sagt die Soko-Chefin, während

Bachmann die Handschellen zückt, „auch der Tod Ihrer ersten Frau steht vor der Aufklärung. ... Wir nehmen Sie fest wegen des dringenden Verdachts, sie getötet zu haben."

Der Kommissar lässt die Handschellen zuschnappen. Liebreiz verschlägt es die Sprache. Einige der wenigen Menschen im Ankunftsbereich des Terminals, die dem Procedere zugeschaut haben, weichen zur Seite.

Ohne Möbius eines Blickes zu würdigen, rücken die Fahnder mit Liebreiz im Schlepptau ab.

Kapitel 28

Resignative Einsicht

Hauptkommissarin Corinna Schmidt, Chefin der Soko *Liebreiz*, wird die Kopie eines handschriftlichen Schreibens zugespielt, anonym. Sie öffnet das Kuvert. Beim Lesen fährt ihr der Schreck in die Glieder. Dabei dachte sie, das hätte sie hinter sich.

Ich muss von einer Frau erzählen, die mein Leben auf den Kopf gestellt hat. Nicht dass sie das gewollt hätte; es war ihr gleichgültig.

Ich muss zugeben, dass ich nicht viel über sie weiß. Übrigens bezweifle ich, dass sie selbst viel über sich gewusst hat. Ihre Unehrlichkeit, gar sich selbst gegenüber.

Fakt ist: Sie war meine Lehrerin ... nicht nur in der Schule.

Unter einem Vorwand hatte sie mich zu sich nach Hause einbestellt. Handwerker seien für Kleinreparaturen kaum zu bekommen und mir traue sie das durchaus zu.

Nicht, dass ich ahnungslos in eine Falle gestolpert wäre. Seit Wochen hatte sie mich mit eindeutig zweideutigen Signalen eingestimmt. Ich hatte mitgespielt. Per SMS und Mails und analog. Weil ich es spannend und reizvoll fand. Mein Kopfkino spielte verrückt.

Sie empfing mich im Bademantel, eingehüllt in eine Moschuswolke. Räucherstäbchen, die den ausgestopften

Wanderfalken auf dem Kaminsims umringten, flackerten hinter ihr; prickelnde Klänge, ‚Justify my Love‘.

Ich hätte auf der Stelle umdrehen und gehen können. Aber ich blieb. Sie drückte mir eine Glühbirne in die Hand und bat mich, diese in die Deckenleuchte zu schrauben. Eine Klappleiter stand mitten im Wohnraum. Als ich sie bestieg, achtete sie darauf, dass sie nicht umkippte. Ich musste mich auf die Zehenspitzen stellen, um ihre Bitte zu erfüllen. Als ich herabstieg, hatte sich ihr Bademantel geöffnet. Darunter … nackte Haut, prickelnd. Nippel wie Erdbeeren lachten mich an. Nun in echt. Ich zitterte. Sie ließ die Hüllen fallen, zog mich ins Schlafzimmer und dort aus.

„Es geht nur um Sex“, warnte sie mich beiläufig. …

Nach einer Viertelstunde vielleicht war der Spuk vorbei. Sie gab mir fünf Minuten, mich wieder herzurichten.

„Wer sich verliebt, ist selber schuld, Fabian“, sagte sie mit tonloser Stimme und schubste mich zur Tür hinaus.

Sie wusste um die Droge, die sie mir im fünfzehnminütigen Rausch eingeflößt hat.

Noch zweimal fielen wir übereinander her. Da war kein Halten mehr, alle Sicherungen waren durchgebrannt. …

Beim letzten Mal fragte ich sie, warum sie uns im Unterricht Liebesgedichte serviere.

„Opium für Zartbesaitete“, spöttelte sie, „du gehörst nicht dazu.“

Dennoch, nach ihrem Tod wird es lange dauern, bis ich mit dem Entzug zu Rande komme, fürchte ich. Dafür hasse ich sie.

Mit dem Monstermund hatte es begonnen, dessen Fokussierung sie mir in Augen und Hirn injiziert hatte. Es folgten häppchenweise halbseidene verbale Injektionen, schlussendlich überfallartig ihre olfaktorischen, optischen, akustischen, haptischen. Seither beherrscht ein sinnlicher Bilderwald meine Phantasie, ein Wahrnehmungsgefängnis, dessen Gitterstäbe ich nicht einmal sehe. Meinen ethischen Kompass hatte sie auf Null gestellt, meine Vorsätze zerbröselten. Dass ich zu rauchen anfing, war der absolute Tiefpunkt. Die letzte Zigarette bei ihrer Beerdigung – wenigstens ein Anfang. Ein wenig Hoffnung macht auch, dass Judiths Gesicht in der Erinnerung bereits jetzt mehr und mehr verschwimmt. Sargdeckel drauf – doch so einfach ist es leider nicht.

Wie sehne ich mich nach schönen Bildern!

Corinna fragt sich, ob Fabian das tatsächlich selbst geschrieben hat. Inhaltlich vielleicht, aber sprachlich? Oder will sie jemand das glauben machen? Mareike? Nach dem Crash wohl kaum. Ihre Mutter? Fabians Vater? Nein, der nicht. Ein Freund, dem er sich anvertraut hat? Dafür ist er zu verschlossen. Eine Freundin, eine Vertraute?

Mit welcher Absicht könnte man ihnen, den Fahndern der Soko *Liebreiz*, Fabians vermeintliche Beichte zugespielt haben? Vor allem jetzt, nachdem der Fall aufgeklärt zu sein scheint? Ihnen – oder gezielt ihr, Corinna, der Frau mit der Fiona-Erinnerung? Bildet sie sich all das nur ein? Tagträumt sie?

Nein, die Beichte hält sie ja schwarz auf weiß in der Hand. Fabian wird sie ihr bestimmt nicht selbst zugespielt haben.

Kapitel 29

Corinnas Brief

Johannes Haller sitzt nackt und gefesselt auf einem kargen Holzstuhl. Zwei FFP-2-Masken „kleiden" ihn, eine als Mund-Nasen-Schutz, eine bedeckt sein Gemächt. Vor ihm posiert Fiona von Ardenne, ebenfalls nackt. Wallende rote Locken schlängeln sich über die Brüste, verzieren ihre Erdbeernippel. Fionas Gesicht verschmilzt mit dem von Judith Liebreiz.

Bei *Let's spend the night together* beginnt sie ihn zu tätscheln, beide Masken geraten in Bewegung.

Corinna schreckt auf, schweißgebadet. Sie stürzt unter die Dusche, schrubbt sich fast die Haut auf, doch die Bilder wollen nicht weichen.

Sie steigt in die Jogginghose, zieht sich den Kapuzenpullover über, stürzt ins Freie, in urplötzlich einsetzendes dichtes Schneegestöber und läuft sich die Lunge aus dem Hals. Dabei beginnen sich ihre Gedanken zu ordnen, verdrängen das Gefühlschaos.

Sie wird Johannes schreiben, das wird helfen.

Simmern, den 27. März 2021

Mein lieber Johannes,

in den wenigen Wochen nach unserem wunderbaren Weihnachtsurlaub in deinem jetzt leider so fernen Domizil ist vieles passiert, das mich aufgewühlt, ja in den Grundfesten erschüttert hat. Dabei hatte ich ernsthaft gedacht, ich hätte es endgültig hinter mir. Doch mit unge-ahnter Heftigkeit hat der Tod einer jungen Schulleiterin alte Wunden in meiner Seele aufgerissen:

Doktor Judith Fiona (!) Liebreiz hat sich im Laufe der Ermittlungen als eine Wiedergängerin Fiona von Arden-nes entpuppt, als eine ähnlich ruchlose Schlange, die gnadenlos alle, die ihr in die Quere kommen, unter sich begräbt und die, die sich auf sie einlassen, in den Abgrund stößt, nachdem sie von ihr ausgebeutet wurden. Letztlich stellte sich heraus, dass sie, ich mache es kurz, eines natür-lichen Todes aufgrund eines angeborenen Herzfehlers ver-starb; letzteres verstehe ich in doppeltem Sinne.

Corona macht uns nach wie vor zu schaffen, hier im Hunsrück, aber, wie vermeldet wird, auch bei euch auf Teneriffa. Und doch wäre ich jetzt gerne bei dir, würde gerne deine Meinung zu dem Fall hören, der zwar poli-zeilich abgeschlossen ist – Details erspare ich dir –, der mich aber als Privatperson weiter in Atem hält. Ich werde weiter ermitteln, weil ich, auch meinetwegen, verstehen will, ja muss, was sich da abgespielt hat.

Die Fakten in Kürze: Frau Glück, die Mutter einer Oberstufenschülerin, hatte aus Verzweiflung deren Deutschlehrerin Judith Liebreiz privat kontaktiert. Dabei kam es zu einem Handgemenge, bei dem Liebreiz unglücklich stürzte, mit dem Kopf gegen eine Tischkante schlug und eine Schädelfraktur erlitt. In der Folge, aber nicht ursächlich verstarb sie an besagtem Herzversagen. Aufgrund des gerichtsmedizinischen Gutachtens sah die Staatsanwaltschaft von einer Anklage der Mutter ab. Hintergrund der traurigen Geschichte ist, dass die Schul-leiterin Liebreiz mit Fabian, dem Freund der Schülerin, der Tochter Glücks also, eine sexuelle Affäre eingegangen war. Als sich herausstellte, dass die Tochter von Fabian schwanger war, brach für Mutter und Tochter die Welt zusammen. Der Junge, ebenfalls Schüler und zugleich das sexuelle Opfer von Judith Fiona Liebreiz, scheint dauerhaft seelische Schäden davonzutragen, wie einem Brief zu entnehmen ist, den ich dir, lieber Johannes, als Kopie mitschicke. …

Ach, eines habe ich vergessen zu erwähnen. In auffälliger Weise taxieren sämtliche Personen, die ich im Umfeld von Judith Liebreiz befrage, meine Augen. Ich kann mir darauf keinen Reim machen. Vielleicht bilde ich mir das alles auch nur ein.

Mein Liebster, wieder einmal habe ich dich mit meinen Dingen und Sorgen überschüttet, ohne zu fragen, wie es dir auf der fernen Insel (er)geht. Sicher wird das mediterrane Klima zur Stimmungsaufhellung beitragen. Wir hatten schrecklich kalte Tage über Wochen, abgesehen von einem Vorfrühlingsintermezzo Ende Februar. Nun freuen wir uns auf bessere Zeiten.

Ich hoffe innigst, dass wir uns bald wiedersehen. Ich sehne mich so arg nach deiner Nähe.

Bis bald, bleibe gesund und behalte lieb
deine dich ewig liebende C.

Erst jetzt steigt sie aus den immer noch feuchten Klamotten, lässt Wasser in die Badewanne einlaufen und legt im Wohnzimmer ihre Lieblings-CD ein, Schuberts Klaviersonaten.

Kapitel 30

Antwort von der Insel

Puerto de la Cruz, den 2. April 2021.

Wie habe ich mich über deinen Brief gefreut, liebste Corinna. Ich sitze gerade bei einem Glas Rotwein auf unserer Terrasse vor dem Haus, genieße die Sonne und lausche dem Gesang der Vögel. Viel schöner wäre es, wir könnten jetzt gemeinsam den Blick aufs Meer genießen.

Ich hoffe sehr, dass du wieder mit dir ins Reine kommst und die Akte Fiona endlich schließen kannst.

Fabian tut mir aufrichtig leid. Ich denke, er braucht dringend eine Therapie, um sich aus seinem emotionalen und gedanklichen Gefängnis zu befreien. Sonst wird er weder eine Beziehung leben noch seinen Vaterpflichten gerecht werden können. Was ihm drohen könnte, bringt der lebens- und liebeserfahrene Robert Gernhardt als traurige Erfahrung, die sich allzeit wiederholen kann, auf den Punkt:

Da kam die Lust, und ich war nicht bereit.

Drum zu den Fionas dieser Welt. Sie beherrschen die teuflische List, mit Wahrheitspartikeln zu lügen. Sie operieren mit Verschwörungsphantasien, Unterstellungen, Verunglimpfungen und dergleichen mehr. Auf die Fragen des Lebens geben sie fremde Antworten. Intellektualität ist ihnen suspekt. Tiefes Mißtrauen beherrrscht sie. Weil sie qua Erfahrung sich selbst nicht trauen, projizieren sie ihr Verhalten, für das sie sich selbst schämen (müssten), auf das des anderen, typische Übersprungshandlungen, selbst bei banalen Dingen.

Unkontrollierte Momente entfesseln ihre Kaltschnäuzigkeit, offenbaren ihre Gefühlskälte, die sich hinter sentimentalen Attitüden verschanzt. Man, Frau wie Mann, sollte sich vor solchen Frauen in Acht nehmen.

In zwei Ausprägungen habe ich sie erlebt: als bildschöne und als mängelbehaftete, Mischwesen inklusive. Letztere ist die gefährlichere Mutante. Erinnere dich an unseren Diskurs zu Corona. Sie schleicht sich heran, wartet zielstrebig mit ihrem Schlangenbiss, bis der aus ihrer Sicht günstige Zeitpunkt gekommen ist; da wird der Vamp zum Vampir. Äußere Makel setzt der Fiona-Vamp gar als Waffen im Geschlechterkampf ein. Meisterlich versteht er es, Defizite durch antrainiertes Verhalten im Miteinander vergessen zu machen, auch und vor allem beim Sex, Schlafzimmerblick versteht sich. In dieser Hinsicht haben übrigens schöne Frauen, nicht selten von ihren Geschlechtsgenossinnen bewundert bis beneidet, weniger gelernt, was sich fatalerweise oft als Bumerang erweist.

Die Unattraktivere zwingt ihrem Opfer suggestiv einen Perspektivwechsel auf. Es sieht das Liebesobjekt dann gleichsam durch dessen eigene Brille und wird sukzessive scheuklappenblind und abhängig, man fühlt sich ausgeliefert, hilflos und ... ja auch hintergangen.

Thomas Hürlimann hat solche Prozesse als *Verhängnis* identifiziert: *Wie entsteht ein Verhängnis? Indem es seine Entstehung verbirgt. Es schleicht sich heran, es gewöhnt sich an uns, und im Augenblick, da wir seine*

Fratze erkennen, lacht es uns aus. Es ist zu spät, flüstert das Verhängnis.

Gegen diese Drohung muss man ankämpfen. Hilfreich ist es allemal, sich an die Anfänge der verhängnisvollen Beziehung zu erinnern, vor allem an die damaligen Bilder, die in Tiefenschichten des Gedächtnisses abgespeichert sind. So kommt man dem Anachronismus auf die Spur, der so oft verhindert, dass der Kalender der Tatsachen sich mit demjenigen des Gefühls deckt, wie Proust erkannt hat. Nicht nur Schönheit entsteht im Auge des Betrachters.

Denkbar, dass zwei Menschen sich bei wechselseitiger Sympathie aus völlig unterschiedlichen Gründen aufeinander eingelassen haben, zunächst ohne ein körperliches Verlangen zu spüren. Das könnte der Furcht vor dem geschuldet gewesen sein, was sich hinter der Oberflächenmaske zu verbergen drohte. Mit der Zeit hat man sich gegeneinander gewöhnt. Der Rollenwechsel, sprich der Wechsel in der Machtposition der Beziehung ging in einem schleichenden Prozess vonstatten, gegebenenfalls über Jahre hin. Diesen Prozess wieder umzukehren gelingt, wenn man bereit ist, sich auf Neues einzulassen.

Liebste Corinna, hier ein Briefauszug, den ein Freund mir kürzlich hat zukommen lassen. Nach Jahren hat er es endlich geschafft, sich aus der manipulativen Umklammerung einer Fiona-Frau zu befreien. Er ist übrigens einverstanden, dass ich dir die Zeilen zu lesen gebe.

Auf die Anfrage, ob man sich am nächsten Tag an gewohntem Ort zu gewohnter Zeit zum Spaziergang treffen könne, hat der Freund geantwortet:

Nein. Morgen freue ich mich auf unerwarteten Besuch. ...

Grundsätzlich möchte ich zukünftig nicht mehr mit einem emotionalen Eiszapfen spazieren gehen, das tut keinem gut. ...

Ich bin, in Fausts Worten, zu alt, um nur zu spielen, zu jung, um ohne Wunsch zu sein. Es wird mit gelingen, umzusteuern. Morgen fange ich damit an. Ich werde daran arbeiten, meine für dich immer noch flackernde Emotionalität auf dein Kühlfachniveau herunterzufahren.

Bis dann,

Gruß R.

PS: Günter Herburger hat, wie ich finde, Befindlichkeiten wie deine in anschauliche Verse geschmiedet. Um nicht missverstanden zu werden: „wir“ und „uns“ hat schon lange nichts mehr mit mir gemein.

„ ... Verfolgt haben wir uns,//daß wir uns bis ins Mark trafen ...

Seitdem wir uns aber geeinigt haben,//zusammen alt zu werden,//

verwandelt sich [Unachtsamkeit] in Behutsamkeit,

und das Blut, das mitunter//nun aus Rissen quillt, schmerzt//Tropfen um Tropfen wie heißes Wachs.“

Genug der Küchenpsychologie, Corinna. Hätte ich weniger Erfahrung, könnte ich vielleicht mehr sagen.

Es ist tröstlich, dass wir beide füreinander die Kurve gekriegt haben.

Ich freue mich riesig auf ein baldiges Wiedersehen. Corona kann uns ausbremsen, aber nicht aushebeln.

Behalt mich lieb!

Dein Johannes

Kapitel 31

Private Recherchen

Corinna sitzt am Nachmittag des dritten April Fabian am wuchtigen Eichenholztisch in der Stube des liebevoll restaurierten Bauernhauses am Dorfrand von Willmerod gegenüber. Sie hatte Herrn Lochner gebeten, alleine mit seinem Sohn sprechen zu dürfen. Coronaabstand bleibt gewahrt.

„Danke, dass Sie bereit sind, mit mir zu sprechen, obwohl der Fall offiziell abgeschlossen ist."

„Wozu?"

„Gute Frage, Fabian", sagt sie und lässt sich Zeit mit der Antwort. Ihr Blick tastet Holzbalken ab; sie unterteilen die Stube. Durch eines der geöffneten Fenster dringt Vogelgezwitscher. Eindringlich schaut sie den jungen Mann an. Die kräftigen Arme hat er auf der Tischplatte über Kreuz gelegt. „Weil Ihre Lehrerin, wie soll ich es sagen, weil sie mich an eine junge Frau erinnert hat, die mir einmal sehr, sehr weh getan hat."

Er blickt achselzuckend zu ihr hin, lehnt sich zurück und knackst mit verschränkten Fingern.

„Ich dachte, ich hätte die Sache hinter mir. Ich habe mich geirrt", gibt sie preis.

„Sie machen mir nicht gerade Hoffnung, Frau Kommissarin", ringt er sich eine Reaktion ab.

„Corinna Schmidt bitte, ich bin privat hier."

Bei diesen Worten zieht sie ein Schriftstück aus der Seitentasche und reicht es ihm über den Tisch zu.

„Woher haben Sie das?", ruft er mit hochrotem Kopf, während er es überfliegt.

„Wurde mir anonym zugespielt", entgegnet Corinna.

Er rauft sich die Haare, steht auf und tigert hin und her. Abrupt bleibt er stehen, stützt sich auf der Tischkante ab, beugt sich zu Corinna hin, die zurückweicht, und stellt fünf Wörter wie Legosteine hintereinander:

„Das geht niemand etwas an!"

Wie in Zeitlupe zerfetzt er das Schreiben, dann sinkt er kraftlos auf den Stuhl zurück und starrt ins Leere. Der Stakkato-Satz bleibt im Schweigen hängen, das sich zwischen ihnen ausbreitet. Sekunden später, sie dehnen sich wie Minuten, stößt Herr Lochner die Tür auf und steht unschlüssig im Türrahmen.

„Hast du das aus meinem Tagebuch abfotografiert?", ruft Fabian seinem Vater zu und zeigt auf die Papierfetzen auf dem Holzboden.

Wie käme ich dazu", grummelt der Mann.

„Dann muss jemand anderes sich Zugang verschafft haben", grantelt sein Sohn.

„Mareike oder ihre Mutter? Die wissen, dass unser Haus immer offen ist", vermutet Lochner.

„Mareike ist zu schwach", raunt Fabian.

„Warum? Was wollten Sie damit bezwecken?"

Frau Glück zuckt die Achseln und schweigt.

„Ich weiß, wie schwer es sein kann, etwas, was man getan hat, in einen Gedanken umzusetzen", ermutigt Corinna Mareikes Mutter.

„Ich dachte, Sie würden mich verstehen", beginnt sie zögerlich zu reden, „Sie hatten mir im Krankenhaus zugehört. Und ich wollte Ihnen zeigen, was die Liebreiz mit den Kindern gemacht hat."

„Mareike und Fabian sind volljährig, Frau Glück",
sagt Schmidt.

Die Mutter nickt und ihre Augen werden feucht.
Sie drückt die Hand von Corinna, die am Kopfende
neben ihr am Küchentisch sitzt.

In das Schweigen hinein rät Corinna, das Gespräch
mit Fabian zu suchen, sich zu erklären und ihn um
Nachsicht zu bitten, auch Mareikes wegen.

„Ich will es versuchen", antwortet sie müde und
nestelt an ihrer Gesichtsmaske.

Kapitel 32

Beziehungsgestrüpp

Corinna findet auf dem Schreibtisch ein Einschreiben vor, am Karfreitag, den zweiten April zweitausendeinundzwanzig in Berlin abgesendet von einem Maximilan Tesche, adressiert an Hauptkommissarin Corinna Schmidt.

Verwundert öffnet sie das Kuvert.

Vom Älterwerden

Man empfinde andere Leute als alt, wenn sie mindestens fünfzehn Jahre älter sind als man selbst, heißt es. Sonderbar, aber nicht erschreckend ist es für mich, mir jeden Morgen im Spiegel beim Älterwerden zuzuschauen. Ich strecke mir die Zunge raus und lache meine Falten weg. "Der Rost macht erst die Münze wert", stellte der alte Goethe zynisch fest.

Solche Nonchalance will mir bei anderen kaum einmal gelingen. Es irritiert mich, wenn meine Generationsgenossinnen plötzlich alte Leute sind, die von ihren Wehwehchen und Enkeln erzählen.

Manchmal denke ich mir bei der einen oder anderen, welches Glück ich gehabt habe, dass sich meine Jugendwünsche nicht erfüllt haben. Gerettet hat mich ohnehin das, was sich weder willentlich noch planmäßig ereignet hat.

Neulich ist mir eine bejahrte Jugendbekanntschaft über den Weg gelaufen, genauer gesagt, ich hatte ein Madeleine-Erlebnis, ich habe sie gerochen, eine unerwartete plötzliche Wiederbegegnung, ein olfaktorisches Déjàvu-Erlebnis, ähnlich Prousts Geruchs- und Geschmackserinnnerung, als er den Biskuit in heißen Tee tauchte.

Ich hatte mich an den kleinen runden Tisch des Straßencafés auf dem Simmerner Schlossplatz gesetzt, beobachtete die Leute, die auf dem Wochenmarkt geschäftig taten, als sich eine ältere Frau an den Nebentisch setzte. Die Paarung eines speziellen Moschusparfüms mit dem ihr eigenen Körpergeruch ließ eine ferne Vergangenheit vor meinem inneren Auge auferstehen und mit ihr die Personen und Geschehnisse von damals. Für einen Moment stockte mir der Atem. Verstohlen versuchte ich aus den Augenwinkeln der Frau ansichtig zu werden. Keineswegs wollte ich, dass sie mich erkennen würde, eine wahrlich grundlose Befürchtung. Fassungslos registrierte ich eine mir völlig Fremde, eine schlanke Endsechzigerin in schwarzem Hosenanzug mit borstigem, grauen Kurzhaaarschnitt über der fliehenden, zerfurchten Stirn, deren Stimme, als sie Tee bestellte, mich gleichwohl in meiner Ahnung bestärkte. Ich vergrub mich in die Hunsrück-Zeitung, *las den Bericht über die zusammengebrochene achtzigjährige Eiche hinter dem Schloss gleich mehrfach, ohne für den Inhalt empfänglich zu sein.*

„Ich werde dich morgen zur Beerdigung begleiten", raunte ihr eine bucklige Frau zu, ebenfalls schwarz gekleidet, die sich zu ihr gesellte und ihre zitternde Hand streichelte.

Die mächtige Eiche war übrigens an Fastnacht, Samstagmittag gegen vierzehn Uhr mit ihrem dicken Stamm

und dem ausladenden Astwerk krachend auf den Park-
platz hinter dem Schloss gestürzt, wie die Journaille
berichtete. Corona sei Dank sei der Ort zu dem Zeitpunkt
auto- und menschenfrei gewesen, als der Baumriese, laut
eines aktuellen Gutachtens habe er als gesund, vital und
standfest gegolten, eine Ruhebank zerschmetterte.

Apropos Ruhebank. Auf einer solchen saßen wir eng
umschlungen. Es war tatsächlich auch ein Karnevalssamstag, vorfrühlingshafte Temperaturen. Mein inneres Auge
ruht auf der knapp Achtzehnjährigen mit dem Moschus-
parfüm, das ich ihr an einem Kirmesstand gekauft hatte.
Wir hatten uns von der grölenden Meute abgesetzt und
gaben uns dem Zauber des Augenblicks hin, der Beginn
einer mehrwöchigen emotionalen Achterbahnfahrt, die
abrupt enden sollte. Warum genau, das ahnte ich allenfalls, weiß es aber erst seit heute.

Sie war eine begnadete Tischtennisspielerin, die einzige Jugendliche, die in unserem Landkreis in einer
Top-Herrenmannschaft spielte, und zwar an Position
zwei. Als Rheinlandmeisterin ihrer Altersklasse hatte sie
sich bei den Juniorinnen überregional durchgesetzt. Alle
Mühe hatte ich, sie zu besiegen, und das in meinem besten Jahr an der Platte. Ich konnte sie überreden, bei den
Bezirksmeisterschaften mit mir im Mix anzutreten und
wir schafften es trotz klassenhöherer Konkurrenz bis ins
Endspiel. Meine Faszination für ihre knallharte Vorhand
übertrug sich auf die Person und ich verliebte mich in
sie, der zweiundzwanzigjährige Student in die angehende
Abiturientin.

An diesem Karnevalssamstag hatte ich es auch jenseits der Tischtennisplatte endlich geschafft. Ich streichelte ihre prallen Brüste, die ich beim Mix hie und
da kurz gespürt hatte, und kitzelte mit dem neckischen

rotblonden Pferdeschwanz ihre Erdbeernippeln. Wie im
Rausch rutschten wir von der Bank und verhakten uns
ineinander, in dieser Stunde und an einigen Wochenen-
den danach. ...

Heute noch lachen mich nächtlings diese Erdbeernip-
peln an.

Ihr Gesicht aber ist verblasst, wie sehr ich auch mein
Gedächtnis durchforsche. Ihren Namen habe ich vergessen.

Was soll das?, werden Sie sich fragen, Frau
Hauptkommissarin.

Was will der Schreiberling?

Nun, Sie haben die Ermittlungen im Todesfall Doktor Judith Liebreiz abgeschlossen, wie mir zu Ohren
gekommen ist. Ein schreckliches Geschehen, das mich
bis ins Mark erschüttert hat. An Judiths Beerdigung
werden Sie sich erinnern, Frau Hauptkommissarin,
oder? Ich habe Sie beobachtet. Sie wirkten sehr kon-
zentriert, kommunizierten in einem fort per Augen-
kontakt mit Ihren drei Kollegen. Hätten Sie gewusst,
wessen Urne da gerade zu Grabe getragen wurde, wäre
die Maske Ihrer beruflichen Routine wahrscheinlich
zerbröselt, denke ich mir.

Tage vor den Iden des März war ich als „Geschäfts-
reisender" für einige Tage im *Bergschlösschen* unter-
gekommen. Nichtsahnend, dass die Ereignisse
schonungslos den Schleier von der Vergangenheit weg-
ziehen würden, hatte ich mich mit Vorfreude auf den
nostalgischen Kurzurlaub in meiner alten Hunsrück-
heimat in Simmern einquartiert, trotz Corona.

Die zufällige Café-Situation auf dem Schlossplatz
brachte den Stein ins Rollen. Die Hintergründe des

Todesfalls sowie Ort und Zeit der Beerdigung herauszufinden war ein Leichtes. Die verknäulten Verbindungsfäden der Personen aufzudröseln erforderte hingegen kriminalistisches Gespür und harte Recherchearbeit.

Ich mache es kurz. Hier das Ergebnis: Ihr biologischer Vater, Corinna, heißt Maximilian Tesche. Die begnadete Tischtennisspielerin ist Ihre Mutter, die Frau mit dem borstigen Kurzhaarschnitt am Urnengrab der Judith Liebreiz, ihrer zweiten Tochter, Ihrer Halbschwester. Über deren Vater konnte ich leider (noch) nichts herausfinden.

Aus diesen nackten Tatsachen folgt zunächst einmal … nichts.

Ich habe erst hic et nunc von meiner unverdienten Vaterschaft erfahren. Sollten Sie, liebe Corinna, allerdings den Kontakt zu mir suchen wollen, stünde dem nichts im Wege. Ich würde mich sehr freuen.

Ihr Maximilian Tesche

13469 Berlin, Bondünnstraße 38c

Kapitel 33

Corinnas Recherche in eigener Sache

Was für eine Selbstgefälligkeit, ärgert sich Corinna. Auf solch einen eitlen Vater kann sie gut verzichten. Der kann ihr gestohlen bleiben. Ob es stimmt, was er behauptet, das möchte sie allerdings schon wissen. Elternlos in einem Kloster, später in einem Internat aufgewachsen, hatte sie die Frage nach ihrer biologischen und familiären Herkunft postpubertär bereits ad acta gelegt – und nun das!

Die schlanke, hagere Frau mit dem Kurzhaarschnitt tatsächlich ihre leibliche Mutter? Warum hatte sie, kaum achtzehnjährig, das Baby ausgetragen und es dann abgegeben? Als Mittdreißigerin dann die Tochter Judith geboren – und sie auch abgegeben? Gibt es weitere Halbgeschwister? Fragen über Fragen. Professor Liebreiz könnte Antworten haben, doch den hat sie aus dem Verkehr gezogen. Der scheint „ihre Mutter" zu kennen; jedenfalls lässt sein Verhalten auf dem Friedhof das vermuten. Wer könnte sonst etwas wissen? Pfarrer Simon?

Nun muss sie sich erneut mit einer Fiona auseinandersetzen, einer Halbschwester möglicherweise. Welche eine Farce! Muss sie vielleicht doch über ihren Schatten springen und diesen Maximilian Tesche kontaktieren? Was würde Johannes ihr raten? Mit Pfarrer Simon sprechen wäre sein Rat, da ist sie sich sicher. Corinna ruft ihn an und vereinbart einen Termin.

„Lieber Pfarrer Simon", hebt sie an. Sie sitzt nicht zum ersten Mal mit ihm im Gemeindehaus in Willmerod an einem Tisch, gegenüber der schmiedeeisernen Pforte zum Friedhof. Später Dienstagnachmittag, sechster April. Die Dämmerung kriecht bereits heran.

„Johannes, schlage ich vor", sagt er und lächelt sie an, „wir kennen uns schon so lange."

„Ihr, äh … dein Angebot freut mich", sagt sie überrascht, „Corinna, wie du weißt. … Ich bin heute als Privatperson zu dir gekommen, lieber Johannes, nicht als Kommissarin."

„Dachte ich mir", überrascht er sie erneut.

„Wie das?"

„Nun, Mara hat dich bei Judiths Beerdigung immer wieder mal angeschaut – was Frau Hauptkommissarin entgangen zu sein scheint."

Corinna kommt aus dem Staunen nicht mehr heraus.

„Du kennst die Frau? Die schlanke ältere Dame im schwarzen Hosenanzug, oder?"

Johannes Simons warmer Blick ruht auf ihren Augen, das markante Kinn auf die breite Fläche der linken Hand gestützt.

„Judith Liebreiz' Mutter, Corinna … und auch deine leibliche Mutter", kommt es ihm bedächtig über die Lippen.

„Also doch", murmelt sie.

Er zieht die buschigen Brauen hoch und lässt sich gegen die Rückenlehne kippen.

„Jetzt habe ich dich überrascht, Johannes", sagt sie und ein schmales Lächeln huscht ihr übers Gesicht. „Ernsthaft, ein Maximilian Tesche, der vorgibt, mein Erzeuger zu sein – anscheinend war er zufälligerweise

auch auf der Beerdigung –, hat mich brieflich in gro-
ben Zügen über die ‚familiären‘ Fäden informiert, das
Wort Zusammenhänge verkneife ich mir."

„Der hagere Mann mit schwarzem Hut vor der Kir-
chentür?", fragt Johannes.

„Genau der", antwortet Corinna und teilt Simon
den Briefinhalt mit.

„Oha!", entfährt es ihm. „Mein spärliches Wissen
in der Angelegenheit verdanke ich Mara. Ich hab sie
vor drei Jahren kennengelernt, als ihr Ehemann nach
kurzer, schwerer Krankheit verstarb und auf unserem
Friedhof beerdigt wurde. Sie waren erst einige Monate
zuvor nach Willmerod gezogen."

Er zeigt durchs geöffnete Fenster zur Kirche hin
und sagt: „Linker Hand hinter unserem Gotteshaus,
mit Blick auf Norath."

„Du weißt jedenfalls, wo deine Leute liegen", seufzt
Corinna.

„Wäre schlimm, wenn nicht", grummelt er.

„Und wo finde ich diese Mara?"

„Die wohnt keine hundert Meter von hier ent-
fernt", sagt Johannes.

Kapitel 34

Mara

„Ich habe Sie erwartet", sagt die Frau mit fester Stimme. Sie legt ein vergilbtes Schwarz-Weiß-Foto auf den Tisch. Ein Schlaks mit schwarzer Mähne im Trainingsanzug umarmt eine lächelnde, sportliche Blondine mit Pferdeschwanz, die in figurbetontem Tischtennisdress einen Pokal in Händen hält. Beide sitzen auf einer Tischtennisplatte.

„Wir hatten eine zwar nur kurze, aber sehr, sehr intensive Zeit miteinander. Mir war allerdings klar, dass das nicht von Dauer sein konnte", gesteht sie und schenkt sich Tee ein. „Sie auch?"

Corinna lehnt ab und ihr Blick verharrt auf der Vitrine hinter der rostroten Lederchaiselongue, auf der Mara Arnheim ihr gegenüber sitzt und das Tässchen zum Mund führt. Auffallend die mandelförmigen dunklen Augen, die recht nahe beieinander stehen. Deshalb haben mich alle in letzter Zeit so sonderbar angestarrt, läuft es Corinna plötzlich eiskalt über den Rücken.

„Meine Pokale", hört sie Mara sagen, „kann mich nicht von ihnen trennen. In zehn Jahren Damen-Bundesliga und Nationalmannschaft ist da einiges zusammengekommen."

„Warum war Ihnen das klar?", ignoriert Corinna den Themenwechsel.

„Nun, Max lebte damals schon intellektuell in einer anderen Welt."

„Aha?"

„Nicht dass er arrogant gewesen wäre, wie manch einer behauptet hat, nein überhaupt nicht; Max hat das gar nicht gemerkt. Und als ich von jetzt auf gleich von der Bildfläche verschwand, da, vermute ich, konnte er das gar nicht kapieren."

„Warum?"

„Er war, wie soll ich es sagen, Max war schon recht weltfremd."

„Nein, warum sind Sie, wie sagten Sie, ‚von der Bildfläche verschwunden'?"

„Muss das ‚Sie' sein?"

„Ja, muss, und dabei bleibt es!"

„Okay, Ihr Wunsch sei mir Befehl", entgegnet Frau Arnheim ungerührt.

„Nun?"

„Ein Kind kittet keine Beziehung, das wusste ich damals schon. Mein Vater, der mich streng und katholisch erzogen hatte, zog mit uns, also mit Mutter und mir berufsbedingt nach Stuttgart. Kurz zuvor hatte ich, im dritten Monat schwanger, ohne dass jemand davon wusste, auch Max nicht, Abitur gemacht und erklärte den Eltern, ich wolle mit Rucksack quer durch Europa reisen. Wohl oder übel akzeptierten sie das und ich quartierte mich umgehend in einem Kloster ein, wo ich dich, pardon Sie zur Welt brachte. Die Nonnen haben Sie dann großgezogen."

„Ich erinnere mich", kommt es Corinna spitz über die Lippen.

„Warum der Name Corinna?", fragt Corinna.

„Die Tochter von Professor Willibald Schmidt in Fontanes Gesellschaftsroman *Frau Jenny Treibel*", sagt Mara mit leuchtenden Augen, damals schon mein

Lieblingsbuch. Charakterlich und von der Persönlichkeit her so zu werden wie Corinna Schmidt, mein Vater hieß übrigens tatsächlich auch Schmidt, so wünschte ich mir deine Entwicklung."

„Wünschten Sie sich, aha!", kommentiert Corinna.

„Zurück in Stuttgart ...", will Arnheim fortfahren, wird aber von Corinna unwirsch unterbrochen:

„Das interessiert mich nicht die Bohne, wohl aber die Geschichte mit Judith Liebreiz."

„Judith Arnheim", korrigiert Mara.

Corinna wundert sich, wie beherrscht „ihre Mutter" ist.

„Ihren Vater, Henry, lernte ich in der Tischtennisschule Grenzau kennen; ein Fabrikant, der sich als Hobbyspieler ein Trainingswochenende im Brexbachtal gebucht hatte. Ich mühte mich mehr oder weniger erfolgreich, ihm einiges beizubringen. Kurzum, wir verliebten uns, heirateten recht bald und etwa ein Jahr später kam Judith zur Welt."

„Geschwister?"

„Nein, dafür waren wir beide schon zu alt."

„In der Erziehung der zweiten Tochter haben Sie dann Jenny Treibel'sche Methoden angewandt, vermute ich", meint Corinna bissig.

„Wären Sie nicht meine Tochter, würde ich mir Ihren Verhörstil verbitten", entgegnet Arnheim leicht gereizt. „Entschuldigung, Sie haben alles Recht dazu. Und ja, kann schon sein."

„Wussten Sie, dass Ihre Tochter Judith chronisch herzkrank war?"

„Der eigentliche Grund, weshalb wir kein weiteres Kind wollten", bestätigt Frau Arnheim und ihre runzlige Stirnhaut zieht sich zusammen.

Corinna räuspert sich und bittet: „Ich hätte nun doch gerne einen Tee."

Mara beeilt sich, ihr einzuschenken.

„Sie haben nie bei den Nonnen nachgefragt, was aus mir geworden ist?"

„Nein."

Corinna wartet, doch dem entschiedenen Nein folgt … nichts.

„Haben Sie mitbekommen, dass Maximilian Tesche an Judiths Beerdigung zugegen war?"

Maras Brauen schießen hoch. Sie schüttelt den Kopf.

„Woher wusste er?", stammelt sie.

Corinna informiert sie über den Brief ihres Erzeugers.

„Was werden Sie tun, Corinna?"

„Ich weiß es ehrlich gesagt nicht. Seine selbstgefällige Art missfällt mir. Mal sehen."

Bei diesen Worten huscht der Hauch eines Lächelns über Maras Gesicht.

„Sie sagten, Sie hätten mich erwartet?"

„Nach dem Gespräch mit Johannes Simon ahnte ich, dass Sie, meine erstgeborene Tochter, die Ermittlungen nach Judiths Tod leiteten. Schwester ermittelt im Todesfall der ihr unbekannten Halbschwester. Irre."

Corinna nickt.

„Ein Wort zu Professor Liebreiz; uns fiel bei der Beerdigung auf, dass er Sie bei seinem plötzlichen Abgang flüchtig grüßte."

„Uns?"

„Meinen Kollegen und mir."

„Warum waren Sie zugegen? Verstehe ich nicht."

„Wissen Sie, Beerdigungen sind Präsentierteller für Fahnder."

„Mm. Muss ich das verstehen?"

„Erfahrungstatsache, besonders bei Judith Liebreiz' Beerdigung. Die ganze Palette der Fragen und möglicher Antworten."

Mara steht auf, geht hin und her, bleibt dann vor dem Kaminsims mit dem ausgestopften Turmfalken stehen, und sagt, indem sie ihm über das Gefieder streicht: „Zu Ihrer eigentlichen Frage. Götz war Judith nicht gewachsen. Die Ehe war eine einzige Katastrophe."

„Sie wissen, dass wir ihn festgenommen haben?"

„Ich habe davon gehört. Der Vorwurf gegen ihn ist absurd."

„Welcher Vorwurf?"

„Er habe mit Judiths Tod etwas zu tun."

„Darum geht es nicht."

„Aha?"

„Mehr möchte ich dazu nicht sagen. Laufendes Verfahren."

„Gut, dass die beiden keine Kinder haben", sagt Mara Arnheim. „Und Sie, Corinna?"

„Kinderlos."

„Partner?"

„Ja."

„Verstehe, Sie wollen nicht darüber sprechen. ..."

Corinna schaut ins Leere.

„Schon gar nicht mit einer Fremden."

„So ist es."

„Ist es so?"

„Ich hätte nicht zu Ihnen kommen sollen", meint Corinna und erhebt sich.

Mara Arnheim seufzt und zuckt die Achseln. Dann geht sie zur Tür, öffnet und meint: „Aber Sie hatten einen Grund, vermute ich, Frau Hauptkommissarin."

Corinna zögert, überhört den ironischen Unterton. Dann hört sie ihre eigene Stimme sagen: „Man möchte wissen, woher man kommt, oder?"

„Jetzt wissen Sie's. Hilft Ihnen das wirklich weiter?"

Corinna schüttelt den Kopf und passiert die Frau, die ihre Mutter war, gruß- und wortlos. Die Tür schließt sich hinter ihr.

Als sie die siebenstufige Steintreppe hinabsteigt, quert ein mit schwarzer Gesichtsmaske bewehrter Passant von der Fensterseite her eilends ihren Weg. Flüchtig blinken stechend schwarze Augen sie an. Hat er das Kammerspiel in Maras Wohnzimmer beobachtet?, schießt es Corinna durch den Kopf. Bei den geöffneten Fenstern könnte der ungebetene Zaungast alles mitgehört haben, durchfährt es sie. Wer ist er, was will er?

Irritiert durchmisst sie die geteerte Einfahrt, deren Klapptore ferngesteuert ausfahren, um sich dann wieder hinter ihr zu schließen. Ein kurzer Blick zurück, die Hofbeleuchtung geht aus. Maras Silhouette hinter der lichtgerahmten Jalousie im kargen Raum mit Kamin und Falke, bewegungslos.

Mit einem Klick der Funkfernbedienung aktiviert Corinna auch die Innenraumbeleuchtung ihres blaumetallicfarbenen *Golf GTI*, sie steigt ein, startet den Motor, will losfahren, da springt der Mann, der sie Minuten zuvor anblinkte, vor die Kühlerhaube, starrt sie sekundenlang an, um sich dann abrupt seitwärts in die Büsche zu schlagen.

Corinna ahnt, was sich gerade abgespielt hat. Oder war auch das alles nur ein Tagtraum?

Zitternd greift sie in das Lenkrad und gibt Gas, dass die Reifen durchdrehen.

Kapitel 35

Auf dem Friedhof

Corinna sucht, einem diffusen inneren Antrieb nach-
gebend, den Friedhof in Willmerod auf. Ihren Klapp-
stuhl hat sie vor dem Grab der Halbschwester platziert.

Mittwoch, siebter April, frühnachmittags. Keine
Menschenseele – Wirklich? – auf dem Gottesacker,
der so viele Erinnerungen bereithält an Menschen, die
hier ihre letzte Ruhestätte gefunden haben. Gefunden? Letzte Ruhestätte? Die Daten auf dem schlich-
ten Holzkreuz des Urnengrabs passen nicht zu diesen
Worten, gesteht sie sich ein.

Judith Liebreiz
1986–2021

Ein Ahornblättchen segelt, von einem lauen Luft-
stoß getrieben, heran und legt sich über die Ziffer *21*.

Unfassbar, ja unerhört, dass gerade du, Judith, dass
gerade du mich wieder in die Fiona-Zange genommen
hast! Ich könnte kotzen. … Zugegebenermaßen mein
Problem.

Du hast meinen Traumberuf realisiert, bist gar
Deutschlehrerin geworden. Aber du hast meine Pas-
sion verraten.

In jungen Jahren hast du dich, anders als ich, nicht
von einem Macho-Prof demütigen und aus der Bahn
werfen lassen. Im Gegenteil. Du hast den Stier bei den

Hörnern gepackt und ihn dir dienstbar gemacht. Respekt! ...

Du hast, ohne es wissen zu können, mir, der Ermittlerin in deiner Causa, einen Brief geschrieben, gleichzeitig erhellend wie vernebelnd. Offensichtlich ist uns der Sinn für künstlerische Werke gemein. Immerhin hast du es mir ermöglicht, deinem Gatten den Jahre zurückliegenden Mord nachzuweisen. Oder hast du mich mit einem Hinweis zum Werkzeug deines Racheakts gemacht? Vergewaltigung vergisst frau nicht.

Dein Tod war Anstoß genug, den Schleier von meiner und – es fällt mir nicht leicht, das Wort zu benutzen – „unserer" Vergangenheit zu lüften. Muss ich mich darüber freuen, dafür gar dankbar sein?

Ich bezweifle es.

Corinna blickt zum Himmel, wo der aufkommende Wind die Wolken wegschiebt. Sonnenstrahlen blinken durch die hin und her wiegenden Äste des Ahorns. Sie legt den Kopf in den Nacken, schließt die Augen und ... döst weg. Reflexartig pariert sie mit der Rückhand den knallharten Topspin Judiths, kann deren platzierten Stoppball auf die Vorhand aber nicht mehr erreichen. ,Elf zu elf' hört sie sich zählen. Da wird sie von Ping-Pong-Tönen aufgeschreckt. Hinter der dichten Hecke, die das Urnenfeld des Friedhofs vom Spielplatz abgrenzt, haben Kinder begonnen, sich an einer Tischtennisplatte im Rundlauf zu messen, begleitet von freudigen oder enttäuschten Schreien. ...

Corinna streckt die müden Glieder, klappt den Stuhl zusammen und murmelt: „Ich werde dich bald wieder besuchen, Judith. Und dann werde ich Blumen nicht vergessen, versprochen."

Sie steigt in den Golf und ihr Blick streift noch einmal versonnen über den Friedhof. Da taucht Mara mit
einem Frühlingsstrauß vor Judiths Grab auf. ...

Wieder zuhause, findet Corinna im Postfach einen
zweiten Brief aus Berlin vor.

Figurentableau

Die Soko *Liebreiz*
Hauptkommissarin Corinna Schmidt
Bachmann Jörg, Oberkommissar
Wunderlich Beate, Oberkommissarin
Castor, Lukas, Kommissar
Oberstaatsanwältin Leila Löwenbrück
Staatsanwalt Lindgrün, Stellvertreter

Arnheim, Mara
Giesen, Dr., Notarzt
Glück, Mareike und ihre Eltern Ellen und Thomas
Haller, Johannes, Dr., Freund von Corinna Schmidt
Herrwagen, Notar in Simmern
Landgrebe, Bewohnerin des Papageienhauses
Liebreiz, Judith Fiona, Dr., Oberstudiendirektorin
Liebreiz, Götz, Prof. Dr., Ehemann; seine erwachsenen Kinder Jonas und Marie aus erster Ehe
Leonhard, Revierförster
Lochner, Fabian; sein Vater
Mangold, Meinhard, Studiendirektor, stellvertretender Schulleiter

Mayenfeld, Ellen, Schulsekretärin
Möbius, Marion, pensionierte Oberstudienrätin
Nachtweih, Bernd und Ehefrau Rose
Natusius, Dr., Psychotherapeutin
Nölling, Bewohner des Papageienhauses
Paul und Pit sowie Mara: Schüler von Judith Liebreiz
Simon, Johannes, evgl. Pfarrer aus Willmerod
Tesche, Maximilian

Inhaltsverzeichnis

Gerd Tesch, 1950 im Huns-
rückdorf Pfalzfeld geboren,
studierte an der Johannes
Gutenberg-Universität Mainz
Germanistik, Allgemeine
Sprachwissenschaft, Politik-
wissenschaft und promovier-
te in Philologie. Er arbeitete
in etlichen rheinland-pfälzi-
schen Gymnasien, zuletzt bis
zur Pensionierung als Schul-
leiter des Gymnasiums Kirn. Bislang hat er sechs Kri-
minalromane sowie vier Bände mit Kurzgeschichten
veröffentlicht.

Weitere Bücher von Gerd Tesch

Gestern ist heute – Ein Vorleser auf Entdeckungsreise im Altenheim, 2018,
ISBN
978-3-941200-67-8
Preis 17,90 €

Vorlesen im Altenheim, 2020,
ISBN
978-3-751918-26-8
Preis 9,80 €

Vorlesen im Seniorenheim, 2020,
ISBN
978-3-751996-05-1
Preis 9,80 €

Martha und meine Geschichte(n), 2020, Privatdruck

Krimis von Gerd Tesch

Tod am Radweg, 2016,
ISBN
978-3-941200-55-5
Preis 10,90 €

Hunsrück-Wolf, 2017,
ISBN
078-3-941200-60-9
Preis 10,90 €

Hunsrück-Skandal, 2019,
ISBN 978-3-942200-73-9
Preis 10,90 €

Eisbergiade, 2019,
ISBN
978-3-941200-77-7
Preis 10,90 €

Finale Rache, 2020,
ISBN
978-3-941200-80-7
Preis 10,90 €

Corona, kopflos, 2020,
ISBN
978-3-941200-83-8
Preis 10,90 €